短歌カンタービレ

はじめての短歌レッスン

尾崎左永子

かまくら春秋社

はじめに

短歌をつくってみたいけれど、どうとりついてよいのかわからない、という方は、案外多いようです。そこで、「星座—歌とことば」の誌上で、何人か集まって「はじめての短歌」をつくることになり、短歌の講義をはじめたのが、この本の原型となりました。

短歌とは、ご存じのように五七五七七の定型を持つ、日本独特の国民詩です。永い伝統を持ってはいますが、その時代々々の人々の心を伝える短詩なのです。『万葉集』は万葉時代の現代詩でしたし、『古今集』や『新古今』は王朝時代の現代詩でした。

そこでいま、私たちがこの現代に、一人の人間として見たり聞いたり感じたりしたことを、この詩型で切りとって作品にできたら、それだけで生きている甲斐もあろうというものです。短歌とは、いま現在ここに生きている私たちの表現形式として、じつにすぐれた短詩型です。これを身につけないで過ごす手はありません。読者の方々も一緒に、ぜひ短歌をつくってみて下さい。

一つだけ申し上げておきたいことは、何事でも同じですが、基本が大切。基本というのは、例えば絵画にはデッサンの習熟が大切なように、短歌では「五七五七七」のリズムを習得することが大切です。どんなに「翔んだ作品」を目ざす人でも、しっかりした詩型と、写生のデッサンを身につけていないと、足もとがしっかりしません。

そして、この五七五七七のリズムというのは、もともと短歌が「歌われていた」ことを意味しています。最近は短歌を「書く」という方が多いのですが、本来は「歌う」ものだったのです。だからこそ、リズムや音の響きが、非常に大切なのです。

そこでこのレッスンでは、「音」の性質とか、一首の「リズム」のつくり方とか、一般の入門書にはあまりみられない「音楽性」に重点を置いて指導しています。これはじつは、ふつうの修練の過程の中ではいわば高級なテクニックとされているものなのですが、今回は、いきなり「ことば」を分解したり、「音」や「リズム」を分解したり、他とは異った方向から作歌に踏み込んでみました。

幸い、編集者や、ことばに関心のつよい主婦の方や、詩をつくる方が加わって下さったので、こちらのかなり強引な意図に沿って、それぞれが自由に柔軟にことばを操る技《わざ》を、短期間で身につけて頂くことができました。すでに歌誌に作品を発表している方もあります。

こうして、ふつうの過程と異る方角から短歌に触れることは、既成の歌よみの方にも、参考になることが多いのではないかと思います。

「勉強」ということばを、私はあまり好みません。「強いて勉める」のではなくて、短歌とは、もっとたのしんで歌うものだと、私は申し上げたいのです。短歌をつくっているうちに、思いもかけない「自己発見」があったり、天から恵まれたようなことばに遭遇するよろこびを知ったりします。それはすなわち、今の自分をもうひとまわり、大きくし、成長させることでもあります。
ぜひ皆さん、固定観念を捨てて、自由な短歌をつくって下さい。心のくらしを充実させて下さい。

二〇〇七年七月

尾崎左永子

●目次●

装丁　堀田朋子

短歌カンタービレ

はじめての短歌レッスン

本書は、「星座——歌とことば」創刊号（二〇〇一年一月発行）〜三十五号（二〇〇六年九月発行）に掲載された「左永子の短歌入門講座」に加筆、修正を加え、再構成したものです。

Lesson 1

「歌って」ほしい短歌

尾崎　今日から一緒にはじめて短歌に挑戦することになった星男さんと月子さんは、これまで短歌をつくったことがありますか?

星男　まったくありません。作品を目にする機会は多いのですが。

月子　私も。でも、つくってみたいという気持はあるので、よろしくお願いします。

尾崎　短歌をつくる前に一言。うまくつくろうとか古語を使わなきゃとか、いろいろなことを考えるのを一切やめてほしいの。まず、歌ではなく、ことばから考えてみましょう。日本語の一音で意味をもつ語を、何でもいいから挙げてみて。

星男　「胃」とか「地」ですか。

尾崎　そうそう。でも、それらは中国から来た漢音語ね。たとえば「日」という漢字を「にち」とか「じつ」とよめば漢字の音読みでしょ。だけど「ひ」と訓読みすれば，古くから日本語として使ってるやまとことばね。「漢語」に対して「和語」ともいうけど。やまとことばで一字って何かないかしら。
月子　「田」、「火」、「目」。「葉」や「歯」……。
尾崎　そう、たくさん出てきますよね。特に古いことばには一字、一音で言えるものが多いの。たとえば「な」なら、あなたの「汝」、「いざ行かな」みたいな呼びかけや、「な来そ」(来るな)のような禁止の「な」、このほか「名」や「菜」なんかもありますね。「に」や「ぬ」はどんな意味のことばが挙げられるかしら。
月子　荷物の「荷」、朱色の「丹」。
星男　昔は沼を「ぬ」と言ったと聞いたことがあります。
尾崎　よくご存知ね。このほか、助詞の「て」「に」「を」「は」なども一音語です。では二音語では?
月子　「愛」、「夢」、「時」……。
星男　「道」、「庭」、「歌」……。
尾崎　そうそう。そんな感じにどんどんことばが出てくるといいわね。次は三音。
星男　外来語でもいいんですよね?「ズボン」、「シャツ」、「ボタン」。
尾崎　ボタンが挙がったけれど、花の「牡丹」もあるわね。「桜」、「椿」、「石榴」、「葡萄」……花や実の名前には三音のものが結構あるの。それから、「茶碗」などは三音で数えます。

月子　次は四音ですね。「コスモス」、「看板」、「薔薇色」。
尾崎　「薔薇色」は、「薔薇」と「色」の二語が結びついた四音。でも、間に「の」を入れると「薔薇の色」というように五音になるわね。「石垣」なども「石の垣」と言うと五音になるでしょう？　五音のことばには「百日紅《さるすべり》」、「吾亦紅」、「天の川」……。
星男　そう考えると、ことばの成り立ちがわかりますね。たとえば「青い空」なら、「青い」と「空」の三音プラス二音。「紅桜」ならば二音と三音。
尾崎　そう、五音も七音もこのようなことばの組み合わせからできているの。ところで月子さんは長歌と短歌の違いを知っている？
月子　五七五七七の三十一音が短歌で、長歌は……。
尾崎　五七、五七、五七と続けて最後を七七で止めるのが長歌（チョウカ・ナガウタ）ね。これに対して生まれたのがミジカウタ、短歌です。今、音数ごとにいろいろなことばを挙げたり分解してみたのは、短歌をつくるときの五七というのは、いろいろな組み合わせからできるということを知ってもらいたかったから。三十一文字《みそひと》、っていうけど仮名一字一音でしょ。三十一音が基本よね。それも五や七は、一や二や三の音をつないでつくれるのよ。日本語というのは二音のことばが多いんだけれど、二音と二音を足すと四音。これに一音語の助詞を足せば五音になるでしょう？　そう考えると五音というのは案外つくりやすいの。七なら三四、四三、

三一三、五二、とか、どうにでも組み合わせられる。

星男　最近は、五七以外の八音や九音といった短歌もよく目にしますね。

尾崎　短歌の定型とされているのが五七五七七。人によって解釈は異なるけれど、私は原則的には五七五七七の「調べ」を大切にしなければ短歌という形式をとる必要はないと思うの。短歌は、「定型をもつ現代詩」なのよ。だから、短歌をつくるのなら、まず定型を大事にしてほしいわね。

月子　現代詩とはいっても、古語や難しいことばを使わなければならないというイメージがあって……。

尾崎　『万葉集』の時代、短歌は歌われていたの。「歌う」というのは、耳から入ってわかるということ。そのためには、誰もが聞いただけでわかるくらいに嚙み砕いたことばを使わないと無理よね。「けり」や「かも」などの古語をわざと使う人もいるけれど、そんな必要はありません。『万葉集』も『古今集』も、その時代には「現代詩」だったのよ。だから、今の時代の現代詩は、古語はなるべく使わないで、ふつうのことば、それも磨かれたことばを使いたいのね。ふたりには、現代詩である短歌を「歌って」ほしいですね。この本の「カンタービレ」っていう題は、音楽用語で「歌うように」っていう意味ですけど、短歌には音楽性がとっても大事だっていうこと、いつも忘れないでね。

余白の効用

尾崎　それでは実際に歌をつくってみましょう。今窓から見える景色をたとえば、こんなふうに歌ってみるとします。

「**反射する光するどき晩秋の街の窓みな**□□□□□□□」。最後の七音に何を入れますか？　自由に考えてみて。

星男　……「カーテン閉ざす」。

月子　……「枯れ葉を映す」。

尾崎　初めて短歌をつくるにしては上出来ですね。ただ、この歌は前の部分だけで十分詩情があるから、あまり詰め込まないほうがいいの。たとえば「窓みなわれを向きたり」。そうすると前の句が生きてくる。歌というのは、人の目に触れた瞬間、つくり手の意思と離れて一人歩きしてしまうんです。人の数だけ解釈の仕方があるのね。でも、それが面白いところでもあって、読み手も作品に参加して補完関係が生まれる。そういった部分をほんの少し残す……これは技術のひとつで、上達したらまた説明します。この場合も、余白を残してすーっと歌う。足りない部分、色のない部分というのが実はとても大事で、他を支えるの。だからあまり言いすぎないほうがいい。また、下《しも》の句を「街の窓わが行く手に見ゆる」とすると、これだけで自分が歩いているということがわかるわよね。このように、自分の視点というか居所、「もの」と「われ」との関係がはっきりしたほうがいい。月子さん、そこの窓からはどんな景色が見えるかしら。

月子 観光客、石畳、鋪道、陶器店、赤い屋根、青い空、白い雲……。

尾崎 たくさん素材がありますね。「赤い」「青い」「白い」はどれも三音で形容としては単純だから、これらの色を使わずに、屋根や空が「どんな」か表現してみましょう。

星男 今は午後三時だから……「午後の空」。

尾崎 だいぶ感じが出てきたわね。午後の晴天、という言い方も使えそう。

月子 ……「流れる雲」「動く雲」。

尾崎 雲、流れる、という発想はありきたりだし、ちょっと洒落た感じで甘さがあるわね。それに対して、「動く雲」は手垢がついていなくていいんじゃないかしら。屋根にしても、陽が傾いてきているから「夕翳る屋根」あるいは「屋根翳りゆく」なんていうのはどうかしら。「〜陶器店の赤き瓦の屋根翳りゆく」。……これだけきちんと言ってしまうと、前のほうはもう少し柔らかく楽に言ったほうがいいわね。たとえば、

「**初冬の鋪道の向こう陶器店の赤き瓦の屋根翳りゆく**」。

月子 そうすると、時間も自分のいる位置もはっきりするんですね。

尾崎　困ったときには「時」を入れる（笑）。これは覚えておいて。昼とか夕方とか晩秋とか、TPO、つまり時（time）、場所（place）、状況（occasion）を入れるとイメージがはっきりします。それにはっきりした自分の居所が明らかになるでしょう？　大切なのは、視点をいつも「われ」に置くこと。

ことばのパズル

星男　鋪道を行き交う人たちの影を見ていると、なんとなく秋の気配が漂っている……そんな様子を歌ってみたいんですが。

尾崎　その場合、鋪道という表現よりも甃《いしだたみ》といったほうが感じがあるかも。それから「行き交う」ということばを使うと、人があっちへ行ったりこっちへ行ったりと少し軽い雰囲気になってしまう。だから、「次々に行く」というのはどうかしら。そうすると、それを見ている自分の場もはっきりします。さっき「動く」ということばがわりにいいと言ったけれど、「歩く」「行く」「来る」のような動詞には、文字どおり景を動かす力があるの。影、甃、次々に行く人、きれいじゃないですか。これは何時頃を歌っているの？

星男　午後。明るくていい天気です。

尾崎　光があざやかよね。だから、はっきりと「あざやか」と言ってしまう。それから場所。ここは鎌倉ね。季節は秋、と。

「甃を次々に行く人の影あざやかにして鎌倉は秋」というのはどうでしょうか。

星男　まさにそんな光景が詠みたかったんです。

尾崎　「影あざやか」と言えば、「光は澄みて」と言わなくても光が澄んでいる感じが出るでしょう？

月子　私たちがふだん使っていることばで歌えばいいんですね。

尾崎　そうなのよ。「あざやか」「次々」「行く」というのはふだん使うけれど、「行き交う」はあまり使わないでしょう？　だから、「人の行き交う」よりは「人影動く」、「人影あわし」よりは「人影の見ゆ」と言ってしまったほうがいい。

星男　先生の手にかかると、目に見えるもの、聞こえるもの、すべてが歌になるんですね。

尾崎　短歌だからと構えずに、ことばのパズルと思えばいいの。「これにはこれしかない」ということではなくて、無限の組み合わせがある。ことばを五七五七七に当てはめていって、たとえば一音足りなかったら助詞を入れるとか、二音足りなければ「いま」「われ」「ここ」「そこ」などの目立たないことばを入れればいいのよ。秋はここに入れなきゃ、晩秋といわなきゃ、と思わないこと。ひとつの素材をいろいろなことばを使って表現してみる。それから、表現するときに決して「飾らない」こと。大抵の人は「詩的」イコール「装飾」と勘違いするんですが、反対に「表現とは限定である」と考える。つまり、言いたいことがたくさんあっても、それを削って削って本当に言いたいことだけを言う。とすれば、表現の限定というのは「洗練」とも言えます。だから、ことばを磨こうと思ったら、短歌ほど良い形式はないんじゃないかしら。

たぬ子のワンポイント・アドバイス①

「やまとことば」って何？

「赤」という字を見て「アカ」と読む人は、「やまとことば」を自然に使っているのだが、「赤十字」「赤銅色」のように「赤」を「セキ」「シャク」と読んでいる時は、中国わたりの漢音や呉音を使っている。漢字輸入後、改良技術に巧みな日本人は、漢語をそのまま発音する“音《おん》読み”と、古来のやまとことば（和語）の意味をあてはめる“訓《くん》読み”の二通りに読み分けて、日本語をいっそう広いものにした。「月光」を「ゲッコウ」と読めば“音読み”で中国渡りの輸入語だが、「ツキカゲ」「ツキノヒカリ」などと読めば、これは“訓読み”で、りっぱな「やまとことば」。意味は同じで、日本人は現代でもこの二通りの表現法を全く無理なく生かして、便利に使いこなしているのである。古代日本人のみごとな改良技法、発明の恩恵である。

Lesson 2

自分の視点

月子　このごろ何かを見るたび指を折って文字数を数えるようになってしまって。「〜かな」とか「〜けり」とか、学校で習ったような難しいことばを使わなければ短歌はつくれないというイメージがあったんですが、そうではないと聞いて少し安心しました。

尾崎　江戸時代末期の歌人に香川景樹という人がいたの。その門流の人は、歌の最後に「〜けるかも」を付けるとそれなりの形になるということで、これを結句にするのがはやったのね。それを笑った狂歌がある。「けるかもの香川の流れくむ人のまたけるかもになりにけるかも」という歌（笑）。今でも短歌らしくするために、「けるかも」や「なりにけり」などを、やたらと付けたがる人がいます。テクニックの一つとして使うのはかまいませんが、初心者のお二人には使ってほしくありません。まず、「短歌は難しいもの」という既成概念を捨てること。これがなかなか難しいんだけれどね。

星男　先生は、「短歌とは定型をもつ現代詩である」とおっしゃいましたよね。それを聞いてかなり気が楽になりました。

尾崎　そうでしょ。自分の思っていることや言いたいことを、ふだん使っていることばで表現すればいいんです。ただ、ここで重要なのは「詩」であるということ。どんなに心が揺さぶられたとしても、それをことばで表現できなければ「感動」にすぎない。感動はことばに置きかえられて、はじめて「詩」になるんです。しかも、人に伝わるように表現しなければならない。

月子　感動をことばに置きかえて人に伝える……難しいですね。

尾崎　私は佐藤佐太郎先生から、「ことばとことばのつなぎめから立ちのぼる香気のようなもの、それが詩である」と教えられました。これと同じことを平安時代の歌人、藤原定家も言っているの。「歌のよしあしはことばの続け柄《がら》できまる」って。……時代は違っても、同じことがいえるんですね。ところでお二人は「ハレ」と「ケ」ということばを知っています？

星男　ケ（褻）というのは、ふだんとか日常という意味ですよね。

尾崎　そう、ハレはその反対で「晴舞台」「晴着」ということばにもあるように、いわば正式な世界のこと。たとえば平安時代には、恋のやりとりなどで歌がさかんに用いられたために、日常的なものと思われがちですが、必ずしもそうではないんです。一方で和歌はもともとハレの舞台のもので、礼儀やルールというものが非常に重んじられた。では、日常生活の出来事はどのように表現されていたかというと、多くは日記や手紙などのかたちで記されていた。だから、昔は母親の立場から歌を詠むということが非常に少なかったのね。最近は家族が少ないからでしょうか、自分の子どもを詠んだものも目立ちますね。

星男　演歌の世界でも「孫」という曲が大ヒットしました。

尾崎　「うちの孫が中学に入ってこんなに立派になった。嬉しいよ、かわいいよ」というような歌は、第三者から見ると、「また孫自慢?」と思われてしまう。それに、孫がいる人なら誰がつくっても同じようなものになりやすい。そうではなくて、その人にしかつくれない歌、その人ならではの視点を生かした歌をつくってほしいのね。日常詠もむろん結構ですが、短歌は本来ハレの舞台のものであった、人に見せるものなんだという心構えだけは忘れないでください。

星男　そもそも何を題材にすればいいのかというところから悩んでしまうのですが。

月子　しかも、どうすれば「自分らしさ」が出てくるのかわかりません。

尾崎　お二人とも、身内の死とか、目のさめるような出来事とか、何か特別な体験がなければ歌は詠めないと思っていないかしら。でもね、実際には、たとえば大病をしたとか、孫が生まれた、人があまり行ったことのない地を旅した、というような、個人的な出来事を題材にして歌をつくった場合、作者の心の動きや感動といったものは他の人に伝わりにくいの。ただ、その感動や発見が個人の体験という枠を超えて普遍性をもち得たとき、はじめて読者の胸に響く秀歌となるわけです。これには詩としての「凝縮度の高さ」が必要よね。

逆にいえば、素材はふだんの生活の中にこそたくさん転がっているのよ。たとえば目の前の見なれた景色。ガラス越しに差して来る光……それは、この数時間でも微妙に変化していますよね。空の青さも天気によって全然違う。町を歩く人の顔つきや、足の運び。夕暮時にふっとともる街灯。それらを素材に、自分の過去の体験や想像、日常・非日常の世界などに、自由に連想を広げてみる。視点をいつも「われ」に置くことが大切、と前のレッスンで言いましたが、「われ」につなぎとめられるものすべてが短歌の素材となりうるのです。

心に響くもの

尾崎　それでは、実践編にうつりましょう。今、この場所で目にとまった情景や、心に響くものを自由に挙げてみて。

月子　時間は夕方です。教室の中に光が斜めに差し込んでいます。外を歩く人も減ってきました。

星男　淡い光がガラス越しに壁に当ってやわらかく輝いています。光線の具合で白い壁の色も微妙に違って見えます。

尾崎　夕陽、光、壁……。「淡く」ということばは私もよく使いますが、「淡き光重ねて」というフレーズは響きがきれいですね。こんな感じはどうかしら。
「秋寒し□□□□□□にさしてくる夕陽は淡き光重ねて」。
　最後が「て」止めになっているので、上のどこかに切れ目がないと歌が締まりません。だから初句は「寒き」でも「寒く」でもなく、「寒し」とあえて切ってしまう。秋寒し……さあ、このあと星男さんなら、どんなことばを続けます？

星男　「教室の壁」というのはどうでしょうか。

尾崎　見たままを詠むというのは、非常に大切なことね。でも、教室ということばを使うと、そのことば自体が意味を持ちすぎて、イメージが限定されてしまうの。それに、教室ということばは、「淡き光重ねて」という柔らかい雰囲気に対して、ちょっと現実的すぎる気もします。月子さんはどう？

月子　……「対《むか》える壁」。

尾崎　なるほど、月子さんは今、壁に向かう位置に座っていますね。今、お二人が挙げた「教室の壁」や「対える壁」というのは、見たとおりのこと、つまり事実ですよね。事実の重さというのはたしかにあるんだけど、それにこだわりすぎると、視野が狭くなり歌に弾力がなくなってしまう。

星男　事実と違うことを詠んでもいいんですか？　たとえば、ここは教室ですが、別の場所にしてみたり、壁の色を変えてみたり。

尾崎　もちろん。事実と違うことを詠むのを「嘘」ととらえて抵抗を感じる方もいるようですが、「事実」と「真実」は違う。詩の中における真実を「詩的真実」ということばで表しますが、自分が昔どこかで体験したこと、もしくは空想を詩の世界に持ち込むのは、決して嘘をつくことにはならないんです。今、目の前にある事実だけが真実ではない。追体験も詩の世界の中では真実だし、詩的真実の「虚」と「実」の取り合わせが作品に輝きや奥行きを与えるということも覚えておいてください。それらを踏まえてここに入ることばを考えてみると……、「高層の壁」「教会の壁」「駅舎の壁」というのはどうでしょうか。

「秋寒し駅舎の壁にさしてくる夕陽は淡き光重ねて」。でも、短歌のことば選びは、算数のように答えが一つしかないというものではありません。ことばの組み合わせによって可能性は無限にある。だから、ことばがうまくあてはまらないときには、思い切って全体を変えてしまうことも必要になります。

声に出して読んでみる

月子　先生、私たちのような初心者でもできる勉強法があれば教えてください。

尾崎　星男さんと月子さんの場合は、まず五七五七七のリズムを身につけることが必要ね。昔は百人一首などである程度自然に覚えたものですが、今はそういう機会も減っていますから意識的にリズムを覚える訓練をしたほうがいいと思います。そのために私が特に初心者に奨めるのが『万葉集』を声に出して読むということ。

星男　声に出して読むって、どうするんですか。

尾崎　ふつうの速度、自分の読みやすいリズムで読めばいいの。簡単なようだけど、声に出して読むことによって、自然に定型の雰囲気を身につけることができる。短歌のもつ調べやのびやかさ、品格といったものを学ぶのにも良いと思います。歌というのは、目で見る文字づらだけでなく、耳から入ることばの息づかいでもあるの。同じ五七五七七の定型であっても、それぞれのことばの間にはその歌独自の余白が含まれています。読むときだけでなくつくるときも同じで、ほとばしるような思いをぶつけて歌を詠めば勢いのある歌になるし、ゆったりとした気持で詠めば大きくのびやかな歌になります。

星男　『万葉集』を読んだことはありますが、声に出したことはありませんでした。早速やってみます。

尾崎　誰でも最初は初心者です。一朝一夕に上達を望めないのはスポーツでも学びでも同じ。だから、とにかくあせらず気長に続けることね。

Lesson 3 ことばの息づかい

尾崎　今日はことばの息づかいの話から始めましょう。昔、手紙のことを「消息」と言いましたが、どういう意味かわかりますか。

月子　息が消えると書くから……生きているのか死んでいるのかということでしょうか。

尾崎　そうですね。たとえば遠くへ旅したときに、やりとりをして安否を問うのが消息だったわけです。息そのものは、吐いたり吸ったりという呼吸のことよね。これが息づかいのもとになります。ところでお相撲さんが力を入れるとき、呼吸はどうするか知っているかしら。

星男　止めるんですよね。

尾崎　そう。息を止めないと力は入らない。でも、止めているのには限度がありますよね。聞いたところによると、止めた状態から息を吸うには、一度、全部吐かなければ吸えないんですって。その息を吐いてから吸うまでのほんのわずかな時間は、まったく力が入らない状態らしいの。増位山という名力士がいたけど、体はそんなに大きくなかったのに、この間合いをはかるのが非常に上手で、その瞬間をねらって足技を仕掛けるのが得意だったそうです。

月子 呼吸をつかむとか、あうんの呼吸とか、息づかいにかかわることばはいろいろありますね。

尾崎 たとえば、目の前で急ブレーキをかけて自動車が止まったときなんか息をつめるでしょ。それからカッとなって怒るときは、息もつかずにまくしたてたりしますよね。だから一口に呼吸と言っても、怒っているとき、悲しいとき、何かに耐えているとき、穏やかなとき、高揚しているときでは、息づかいはまるきり違うんです。この息づかいっていうことは、短歌の五七五七七の中にも自然に表れてきます。リズムや緩急、間合いを含めて、これをどう生かしていくか、ということが、歌をつくるうえで非常に大事になるので、忘れないようにね。

対立語や並立語で歌に深み

尾崎 「息づかい」の吸う息、吐く息に似ているので、ついでにここで言っておくけれど、短歌の技法の一つに、対立語や並立語を生かすという方法があるのね。対立語というのは、たとえば陰陽とか黒白というようなもの。並立は、同じようなことばを並べたり繰り返したりすることね。佐藤佐太郎の歌に、こういうのがあるの。

「**地底湖にしたたる滴《しづく》かすかにて一瞬《いっしゅん》の音一劫《いちごふ》の音**」。これは岩手の龍泉洞でつくったものなんですが、「劫」というのは、どういう長さかわかりますか。

星男　たしか仏教語で、非常に長い時間のことだったと思います。

尾崎　そう。一万年に一度だったかしら、天女が地上に下りてきて、岩の上で踊るんでしたっけ。そのときに裾だったか袂だったかが岩に触れて、その繰り返しで岩が削られていくというのね。それくらい長い長い時間が「劫」なんです。だからこの歌の下の句、「一瞬の音一劫の音」というのは並立だし、「一瞬」「一劫」の部分は対立でもある。地底湖ができるまでの気が遠くなるような長い時間を感じさせる一方で、水のしたたる瞬間の音をよくとらえていて、見事ですよね。それから、「一瞬」「一劫」という堅い漢語を使うことでカチッとした感じが出る。ことばの固まりとして強烈なイメージをもってこちらに訴えてくるものがあります。飾ることなく、このように引き締まったことばを五七五七七のやまとことばの中に生かしていくというのは、すごい技術。感心してしまいますね。また、『伊勢物語』の中に

「**月やあらぬ花やむかしの花ならぬわが身ひとつはもとの身にして**」という歌があります。これは、在原業平がかつて恋人と逢引していた家を訪れた際に、もう誰もいないその家で詠んだもの。上《かみ》の句は「月やむかしの月ならぬ花やむかしの花ならぬ」を略しているのでわかりに

くいんですが、「月は昔のままの月ではないし、花も昔のままの花ではない。だけど私だけは変わらずにいつでもあなたを思っているよ」という意味。

月子　わかりました。この歌は月と花の部分が対立・並立になっているんですね。

尾崎　そうね。さらに人間も重ねられていることに気づくかしら。月や花の時は、時間や季節が変わればまためぐって来るわけです。それに引き換え、人間はどんどん変わっていく。年もとります。なのに「自分はちっとも変わらない。変わったのは月や花たち」というところに逆転のおもしろみもあるのね。業平のことを紀貫之は『古今和歌集』「序」で「心あまりてことば足らず」と言っていますが、私はむしろ技巧派だと思いますね。ことばはもちろんですが、このように、切りとりの方法として対立や並立をうまく用いると、歌に二重性が生まれて、深みやおもしろみが出てきます。

「語感」を養う

尾崎　それでは実際に歌をつくってみましょう。今日は風が強いわね。風ということばから連想する動詞をいくつか挙げてみましょう。

星男　「吹く」「散る」「遊ぶ」……。

月子　「騒ぐ」「光る」「舞う」……。
尾崎　名詞ではどうかしら。「風の□□」というように自由に入れてみて。
星男　「音」「響き」「ささやき」……。
月子　「夜」「海」「岬」「道」……。
尾崎　まず、気をつけてほしいのは、きれい過ぎたり手垢のついたことばはなるべく使わないこと。今出た中で言えば、「遊ぶ」くらいはいいけれど、「舞う」はやめたほうがいい。なぜかというと、「舞う」というのは本来人間が行うことでしょ。「擬人法」になると、ことばそのものが先入観を与えてしまうおそれがあります。「響き」はいいけれど、「ささやき」は甘すぎる。「風のベンチ」なんていう言い方もあまり良くない例ね。甘くならないように、俗にならないように注意すること。
星男　甘いことばや手垢のついたことばと、そうでないことばとは、どうやって見極めるんですか。
尾崎　こればかりは個人の「語感」の問題なので難しいんだけれど、その「語感」を養うのがまず大切。前にも言いましたが、わざわざ古めかしい歌語を使わないで、できるだけふつうのことばを飾らないで磨いて使う。今、出てきた中で言えば、「海」や「岬」というのはふだん使うことばだし、なかなかいいんじゃないかしら。ただし「風の道」は、これまたちょっと手垢がついちゃった感じ。
　それでは……「風の街」ということばから、自由に連想してみてください。どういう状況か、どういう心境か。それから自分がどういう行動をとっているのか。心象もいいけれど、歌の中に具象があるほうが、地に足がつくというか、しっかりした歌になります。だから、なるべく具象を入れること。それから、今までこういうことがあったっけ、というようにこれまでの自分の体験なども思い出してみて。
月子　今、ミモザの花がきれいですよね。今朝、通りがかりの家の玄関先にミモザが木いっぱいに咲いていて、強い風に揺れていました。
尾崎　**「黄の色のあふれんばかり咲き満てるミモザは揺るる風の日の街」**……月子さんが今言った様子をそのまま形にしてみると、こうなる。そうね、花屋さんでもこの時期見かけるわね。こんな歌もできるんじゃないかしら。
「駅広場に売るミモザの黄明るくてわが吹かれゆく風の日の街」。さっき具象と言ったけれど、この場合で言えば「駅広場」「ミモザの黄」というのが具象ね。「明るくて」というのが自分の感じ方。このように、自分の感じが歌の中に出るといいですね。
星男　聞いただけで、色鮮やかなミモザの花や、春めいた街の様子が目に浮かびます。
尾崎　視覚的にはっきりしたかたち、景色が目に浮かぶように心がけてください。「ミモザの黄」と限定することによって、印象が強められるでしょう? それから、「わが歩みゆく」とか「わが吹かれゆく」と動詞を入れることで、歌に動きが出ます。同じ「吹く」「ゆく」でも、使い方によってどういう風がどの方向から吹いているかを感じさせることができるの。たとえば「風にあらがいてゆく」だと真正面から吹きつける強い風に逆らって歩いていく感じ。「背を押されゆく」というのもおもしろいわね。

月子　「風の街」を「風の日の街」と言い換えたことで、文字数が五音から七音に変わって、ことばの入る位置も変えられるんですね。

尾崎　ことばというのは、詰めたり伸ばしたり自由にできるの。前にも言ったけれど「われ」とか「いま」、「ここ」「そこ」というような邪魔にならない色のないことばを入れていろいろ言い換えてみて、一番しっくりくるのを選ぶ。

五つのWと一つのH

尾崎　ところで、よくことばの表現技術の基本として挙げられる「五W一H」というのがありますよね。

月子　作文の授業でも習ったような気がします。

星男　誰が（who）、いつ（when）、どこで（where）、何を（what）、なぜ（why）、どのように（how）、ですか。

尾崎　そう。新聞などの記事を書く時って、その五つのWとひとつのHを踏まえて書けということをよく言われるのよ。短歌の場合は、何も書いていなければ、whoというのはいつも「われ」なのね、原則として。「作者のことだな」と受け取るのは暗黙の了解ですから。短歌は「われ」を通してみる、ということが非常に大事。自分が感じたことを詠む、というのが根本だから。それから、「なぜなら」という要素は、実は短歌にはそう大事ではない。入れてもいいけど、「なぜかわからないが」「なぜだか知らないが」「なんだかわかんないけど」でもいいの。短歌で特に重要なのは時と所。

星男　そうすると、「いつ」「どこで」「何を」と、「どのように」の四つが重要ということですか。

尾崎　そう。when、「いつ」というのは、朝でも昼でも晩でも、遠い昔でも未来でもいいんだけど、必ず念頭に置く必要があるわね。時の流れというのはどこかで踏まえておくこと。

月子　where、つまり「どこで」というのは自分がいる場所のことですか。

尾崎　そう。自分のいる位置がはっきりしてるっていうことはとても大事ね。そうしないと、人との距離とか物との距離とかっていうのが出てこない。われの位置っていうのがはっきりしないと、「あれ？　どこから眺めてるの？」というように人がついていけない。だから、われがしっかりしてないと駄目なの。われの目線っていうのがいつも必要なのよ。

星男 それが、「われを通して」ということですね。

月子 「どのように」というのは、自分がどう感じたかということでいいんでしょうか?

尾崎 そういうことね。これは実はとても大事で、ｈｏｗというのは勝負どころなの。「どのように」を「われ」を通してみることが大事、ってことをよく覚えておくといいわね。

星男 さっきの歌でいうと、時はミモザの咲く季節だから春。「黄が明るい」から昼間ですね。

尾崎 そう、あえて昼間といわなくてもわかりますよね。所は「駅広場」、これもはっきりしている。よく、どこから見ているのかがわからない歌がありますが、自分が中心になってものを見ているという姿勢や、切り取りの方向性といったものをはっきりさせるほうがいいの。風景画などで、中心に向かって焦点が絞られていく形や、反対に拡がっていく絵があるでしょう?あんな感じに、視覚的に自分が中心にいるようにする。自分につながる方向性がいつもきちんと見えていると、歌が非常にしっかりしてくるの。心象の場合はまたちょっと違いますが、風景を詠む場合、絵と歌は非常に似ている気がしますね。

Lesson 4

色を感じさせることば

尾崎 「黄の色のあふれんばかり咲き満てるミモザは揺るる風の日の街」と「駅広場に売るミモザの黄明るくてわが吹かれゆく風の日の街」という二つの歌をつくりました。それを受けて色彩語の話をしようと思います。

星男 色彩語というのは、いわゆる色を表すことばのことでしょうか。

尾崎 これらの歌でいえば「黄」がそうね。でも、色を表す形容詞や名詞だけでなく、色を感じさせることばすべてが色彩語なの。まず、一番簡単な色彩語として挙げられるのが「あかし」「くろし」「しろし」など。これは色彩の形容詞では一番古い形です。「赤」「黒」「白」という色がありますが、「あかし」というのは本来色彩的なものではなく、「明《あか》し」からきているの。同じように「しろし」は「顕《しる》し」、はっきりしているという意味ね。

月子 わかりました。「くろし」というのは「暗し」からきているんですね。

尾崎　そのとおり。じゃあ「あをし」というのはどういう意味かわかるかしら。
星男　……「あをし」。でも、色の青じゃなくて……。
尾崎　これには「漠」という字があてられるのよね。このことからもわかると思うんだけど、「あかし」「しろし」「くろし」……つまり明るいもの、はっきりしたもの、暗いもの以外の茫漠としたものは、日本の古代色彩語ではすべて「あをし」だったわけ。色彩的な意味を持つ赤、白、黒、青などの字があてはめられたのは、漢字が日本に入ってきてから後のことです。
星男　僕たちはよく「青」と「緑」という色を混同して使いますよね。あれはどうしてなんでしょうか。
尾崎　青葉や青山と言ったら、緑つまりグリーンを表しますよね。でも、青空といえばブルーだし、海の青というのもブルー。つまり、日本人は、ブルーもグリーンも両方とも「青」という一つのことばで表現してきたんです。
月子　青信号なんか、どちらかというとグリーンに近い色ですよね。
尾崎　そうやってブルーとグリーンを混用しながらも、私たちは自然に二つの色合いを聞き分けている。そこが日本の色彩語の不思議なところ。ところでお二人は「緑の黒髪」ということば、知っていますか。
星男　つやつやした漆黒の髪のことですよね。最近では珍しくなってしまいましたが。

尾崎　そう。じゃあ、「嬰児《みどりご》」というのはどういう意味？

月子　生まれたばかりの赤ちゃんのことです。

尾崎　「松の緑」といえば松の若芽のことを指します。これらのことばの意味からわかるように、「みどり」という和語、やまとことばには、緑という色そのものよりも「若々しくてつやつやした」という意味があるの。

星男　じゃあ、黄ということばはどういう意味からきているのでしょうか。

尾崎　はっきりとはわかりませんが、おそらく「生《き》」からきていると思いますよ。練っていないもともとの色、さらしていない色……つまり「生成《きな》り」の色という意味なんじゃないかしら。日本のやまとことばにおける色彩語は、基本的に彩度ではなく明度を表していた。これを知っていると、短歌をつくるときでも、それを生かした方法を用いることができるのね。同じ「赤」い色を表す「朱」「紅」も、やまとことばではみな「あか」「あけ」と読みます。「あけ」というのは「夜明け」のあけと同じ。それに「あけぼの（曙）」は「明け仄」で、つまり夜明けの仄かな光のこと。だから曙色なんていう色彩語もつくれるんじゃないかしら。

月子　きれいですね。「赤」というよりもイメージが広がるし、雰囲気も出る。

星男　色彩語というのは、色そのものを表現することばだけだと思っていました。

月子　色彩語というのは「色を感じさせる」ことばだから、既存のものでなく自分だけのことばもつくれるわけですね。

色彩語で歌に質感を

尾崎　色彩語には「もの＋色」という言い方もあるの。たとえば、

「早春のはやち吹くまちわがゆきてライラック色のセーターを買う」……こういう歌があったとします。色にはことばの魔術みたいなものがあって、色彩をうまく感じさせるというのは一つの重要な技術。ここでは「ライラック色」と言っているだけで、「赤い」とか「青い」というようなことばは使っていません。

月子　でも、ライラック色ということばを聞くと、やわらかいパステルの色合い、それから心が弾むような春のイメージが伝わってきます。

尾崎　ここで「紫色」「薄紫の」と言ってもいいんですが、紫という色は古典的になりやすい。ライラック色のほうがモダンでしょ。他にも例を挙げると、黄色というよりもレモン色といったほうがやわらかい感じが出るし、ことばを言いかえることによってニュアンスはかなり違ってくる。それでは「もの＋色」の色彩語をいくつかつくってみましょう。

星男　レンガ色、オレンジ色。

月子　黄土色、チョコレート色。

尾崎　そうそう。でも、チョコレート色とかコンクリート色などは、それだけで八音になってしまうから定型の中ではなかなか使いにくいわね。さっき月子さんも言っていたけど、ふだんあまり使われないことば、自分だけのことばをつくるというおもしろさもあるのね。歌人の塚本邦雄さんなどはそういう色彩語の造語が非常に巧みで、歌集を読んでいると、素敵なことばがたくさん出てくるの。「海松色《みるいろ》の沼」とか「わが血の烏賊墨色もて」とかね。海松というのは、海草の一種なんだけど、沼の雰囲気がよく伝わってくるでしょ。また、烏賊墨色と書いてセピア色と読ませるんだけど、こうすることによってイメージはぐんと広がります。質感がある。これは視覚的な知識を生かすという方法ね。

　また、「もの」だけで色を表現するという方法もあります。たとえばある人の歌にこういうのがある。下の句が「～踏み入りがたき雪原の燦《さん》」。どこまでも真っ白な雪原が目の前に広がっていて、自分がそこを侵すことができないくらいのきらめきをもって光り輝いているという様子が伝わってくる。「雪原」というだけで「白」よね。それに、この「燦」というのも「白」とは違うんだけれど、この歌の中ではきらめく感じを表現する色彩語になっています。それから与謝野晶子の歌にも色を巧みに表現した有名なのがあるわね。

「ああ皐月《さつき》仏蘭西《フランス》の野は火の色す君も雛罌粟《コクリコ》われも雛罌粟」……この歌のすごいところは、「火の色す」と言いきってしまったところ。
月子 私もその歌、すごく好きです。彼女のエネルギーがそのまま歌に表れている気がして。
尾崎 歌には作者の性格というのがよく表れます。だから、たとえ下手でも借り物ではない自分のことばで歌をつくってほしい。短歌は三十一文字という短い定型をもつ現代詩ですが、創作である以上、自分自身の表現でなければいけませんから。それからもうひとつ。佐藤佐太郎の歌に「**いのちある物のあはれは限りなし光のごとき色をもつ魚**」というのがあります。この中の色彩語はどれかわかりますか。
星男 「光のごとき色」でしょうか。
尾崎 そう、何気ないんだけれど非常にうまい。「光のごとき色をもつ」ということば自体、色をもっています。そして、光をもつということは、生きていることの証なのよね。このように、色彩を感じさせることばをうまく歌の中に用いることで、具象だけでなく心象にまで踏み込むことができるんです。

自分の感覚を自分のことばで

尾崎 これまでの歌でもわかるように、色彩語の働きには、イメージを限定して印象を強め、読み手に伝えやすくするという性質があります。つまり、色彩語を歌の中にうまく使うと「景を立たせる」ことができる。だから、歌はできたけれどどうも物足りないというとき、ひとこと色彩語を加えてみるのもいいかもしれませんね。

月子　色彩語を自分でつくるとき、注意することはありますか。

尾崎　甘いことばや手垢のついたことばを使わないようにと言いましたが、色彩語も同じです。桜色や薔薇色といった甘いことばは不用意に使わないこと。さっきのライラック色というのも甘くなりやすいことばなんだけれど、そこをなるべく目立たせないようにするためにテクニックが必要になるわけです。他の部分の色をなるべく抑える工夫をする。それにはたとえば「わが行く」というような「色のないことば」を入れる、あるいは「いま」とか「われ」というような「色を消すことば」を入れて、色だけが際立たないようにして、ことば全体を抑える。こういうことも覚えておくといいですね。

星男　短歌というのはことばを足したり引いたりして形を整えていくものなんですね。

尾崎　「こうしなくては」とか「こうしてはいけない」と思わないで、まずは思ったことを率直に歌にしてみる。あくまでも自分のことばで歌うことね。短歌を習いはじめてしばらくたった人に多いんですが、周りの人が使ったものやどこかで見たり聞いたりしたことばを、ちょっといいな、と思うとすぐに自分の歌にそのまま使ってしまう。こういう場合は、学習すればするほどダメになるのね。だから、私は「習うのは止めて」と言います。人がすでに使っているものは、教養として自分の中にしまっておけばいい。そうではなくて、自分の感覚でつかまえたことばを使って歌を締めていく。お二人もどんどんつくってみてください。

たぬ子のワンポイント・アドバイス②

思いこみを捨てる

歌をつくろう、という時、何となく歌に対する「思いこみ」はないだろうか。歌なんだからきれいに飾らなければ、とか、知っている教養をにじませなきゃとか、あの歌がすてきだったから私も似せてみたいとか。永いこと短歌をつくってます、という人にも同じような傾向がみられる。千人が千人、同じような歌をつくって何になる、千一番目の歌をつくって何になる、と叱咤したのは、アララギの総帥だった歌人で哲学者、土屋文明だった。人がどういおうと、自分でこう思ったんだからこれで完成だ、と自信過剰になるのも「思いこみ」である。短歌は「文芸」のひとつ。「芸」には必ず努力と精進がつきもの。私なんかこの程度、とあきらめるのも「思いこみ」。ことばは一生の伴侶である。ことばを磨くことは、心を磨くことでもある。

Lesson 5

音韻の性格

尾崎　今回は「音の性格」を考えてみましょう。もともと短歌は「歌う」もの。ことばの響きや、音が持つ性質をよく知っておくということは、歌をつくるうえで非常に重要なことなのよ。それではまず、母音の「アイウエオ」から。「ア」の性格をみてみましょう。「ア」というのは基本語。びっくりしたときに「あっ」って言うでしょ。「あ」は感嘆詞なのね。たとえば、「あわれ」というのは「あ・はれ」なの。「あ」は感嘆詞、「はれ」も囃子詞《はやしことば》、つまり、歌の出だしや中間などで調子をとるために入れることばの感嘆詞。素敵だとかかわいそうという意味ではなく、「あわれ」は「あ・はれ」から出ているという説があるのよ。

星男　びっくりしたときなら「おう！」も使いますよね。

尾崎　そうね、「オ」も似てるのよね。「おお寒い」なんていうときにも使いますね。「おや」なんていうのも、「オ」と「ヤ」の感嘆詞がくっついてできてるの。「ア」とか「オ」はやまとことばとしては、いちばん基になる発声になるわけね。

月子　英語も「Ａｈ！」とか「Ｏｈ！」とか言いますね。

尾崎　そうね、「ア」とか「オ」は発音しやすいのね。歌うときもそう。「ア」や「オ」から始まると出やすいの。昔ね、宝塚公演のなかにサルタンバンク（サーカス）の歌が出てきたの。「お〜サルタンバンク〜どこへ行く〜」っていう歌。はじめに「お〜」がつくと、出だしがスムーズにいくうえに、遥かなところへ思いを馳せてるような感じがしますね。これも音の性格。

星男　「あ〜」って言うよりも、「お〜」って言った方が遠いところを感じさせますね。

尾崎　ほかに「オ」からはどんな感じを受ける？

月子　厳かな感じがします。少し重いという印象もあります。

尾崎　そうね、「ア」っていうのはすごく明るいんだけど、「オ」の方はやや暗い、それから雄々しい感じもしますね。こういう母音の性質を知ってうまく使うと、歌をつくるのがより面白くなります。それでは、順に考えていきましょうか。五十音図はタテの並びを「行」、ヨコの並びを「列」と言うんだけど、まず列でみてみましょう。「イ列」はどうですか。

星男　「イキシチニヒミイリヰ」ですね。鋭い感じがします。

尾崎　そうなのよ、そのとおり。鋭い、細い、冷たい、涼しい、そういう感覚ですね。「ウ列」はどう？「ウクスツヌフムユルウ」。

月子　こもった感じがします。

尾崎　発音するときの唇もすぼめるわね。性質も、内向きで、ちょっと温かみがあって、ウェットじゃない？　例えば「冬」ということば。

星男　「ふ」も「ゆ」も「ウ」が母音ですね。「冬ごもり」なんて言うととても内向きな感じがするのも音の性質なんでしょうか。面白いですね。

尾崎　最後に残ったのは「エ列」ね。「エケセテネヘメエレヱ」はどう？

月子　わりと明るい…ですか？

尾崎　そうね、明るさはあるかもしれないわね。「エ列」はちょっと無性格よね。平板というか、乾いてるというか、中途半端な音なのよ。明るいとか暗いとか、はっきりしていないわね。

音で表現する質感

尾崎　それでは今のアイウエオの五つの母音を「ハ行」にくっつけて笑ってみて。

星男　あはははは。

尾崎　そうそう。次は？

月子　いひひひひ。うふふふふ。

尾崎　そう、「いひひひひ」は冷たいところがあるし、「うふふふふ」は内にこもってるでしょ。「えへへへへ」は平らっぽいでしょ。「おほほほほ」は？

月子　格調高い感じ。

尾崎　ちょっと型をつくってるという感じはあるわね、おつにすました感じかな。「あははははは」より「おほほほほ」の方が、少し自分を規制しているような印象ね。

月子　「えへへへへ」っていうと、照れ笑いのような感じですね。

尾崎　人をばかにした感じもするし、笑いそのものはちょっと複雑なんだけど、なんとも言えない平板さを持ってるわね。「うふふ」はちょっと含み笑いよね。開放的ではない、恥ずかしいわけでもない、自分の内だけの笑いが、出すつもりはないのに漏れていくような感じね。

星男　「いひひひひ」だと、「イ列」の特徴の鋭い感じより、ちょっと意地悪っぽいというか、皮肉っぽいような印象になりますね。

尾崎　そういうところにすでに音の性質っていうのがあるわけよね。それから、昔はね、「イ列」は、ア行の「イ」と、ヤ行の「イ」は違う音だったのよ。

星男　ワ行にも「ヰ」がありますね。

尾崎　そうね。ｗｉね。ヤ行の「イ」はｙｉ。「エ」はｙｅ（いぇ）よね。ア行の「エ」はｅ、ヤ行はｙｅ。一円は１ｙｅｎと書くでしょ。だけど円はほんとはｗｅｎなのよ。

月子　みんな同じに「エ」だと思っていました。

尾崎　平安初期、「天地《あめつち》の詞《ことば》」というのがあったのね。「いろは歌」よりもうちょっと古いの。「あめ（天）つち（地）ほし（星）そら（空）」って始まるんだけど、一番最後は「えのえをなれゐて（榎の枝を馴れ居て）」、で終わるの。平安初期には「え」を言い分けていたんでしょうね。ｗｅ（ゑ）はもちろんですけどね。

星男　ほかにもそういう音の違いがあったんですか？

尾崎　たとえば、「花」は古くは「ｆａｎａ」か「ｐａｎａ」って発音してたらしいけど、音読みだとどう発音する？

月子　「か」ですか。

尾崎　「くゎ」なのよね。だから花山天皇は「くゎざんてんのう」だったんでしょうね。戦前あたりまで、四国とか、新潟の方は「くゎ」って発音していましたよ。「か」になっちゃったのはごく最近。「くゎ」の方が厚みがあって、なんか〝花〟っていう感じが出ているわね。

「行」のもつ音感

尾崎　今度は行で考えてみましょうか。「カ行音」はどんな感じ？

星男　硬い感じがします。
尾崎　そうですね。その行で擬音語をつくってみるとよくわかるのね。「キコキコキコ」とか「カクカク」とか。角かどがあるわね。佶屈《きっくつ》な、乾いた感じ。だから歌の中に「カ行」がたくさん入ってくると、乾いてコツコツした感じになるのね。次に「サ行音」はどうですか。
月子　さわやかで透明感があります。
尾崎　「サシスセソ」の音をうまく使うときれいな歌ができる。舌と歯の間で空気が擦れて過ぎていくという意味で、擦過音ということばを使いますが、この擦過音を使うとさわやかな感じを出せる。「すずし」ということばは擦過音でできてるから、音の響きだけで涼しいのよ。それから拗音《ようおん》といって、「しょ」とか、「しゅ」とか、それに長音をつけた「しょう」とか「しゅう」とか、「サ行音」は耳ざわりがすごくいいんですよ。
星男　「水晶」というのもきれいですね。
月子　「精霊流し」の「しょうりょう」という音も。
尾崎　だから、歌のなかでことばを入れ替えるときに、このへんにいい音が入るといいなと思うときは、擦過音を使うといいのよ。「タ行」はどう？　ほかと比べてみて。
星男　しっかり立ってる、というようなイメージがありますが……。
尾崎　そういう感じはするわね。それから泥臭い、土のイメージがあるわ。面白いことに「タチッテト」は、全部一音語が成り立つのよ。「タ」は田んぼのタ。「チ」は血、乳、あるいは大蛇《おろち》のチ、雷《いかづち》のチ、ちからのチ。「チ」っていうことばは「エネルギーのもと」の意味なのね。

星男　「ツ」だったら、たとえば津波の津ですか。

月子　「テ」は手。

尾崎　そうそう。「ト」は戸とか門とか処とか。みんなそれぞれ一音語で成り立つ基本語なのよ。基本語の性質を強く持っているので、泥臭いというか、土の温かみみたいなものがあるわね。

月子　土ということば自体がタ行でできているんですね。温かくて、粘り強い、そういう感じの音ですね。

尾崎　それでは、ナ行は？

星男　ねばねばしてる。

尾崎　うまい表現ね。さらっとしてないわね。「ねばねば」っていうことば自体に「ネ」ということばが入っていますね。ちゃんと分析したわけではないんだけど、肉親とか、親愛の情のある人たちを、「ナニヌネノ」で呼んでいるような気がするの。「ナ」は汝のナでしょ。「ニ」っていうのは兄さんのニ。「ヌ」はおまえの意味。「ネ」は姉さんのネ。「ノ」は何かしらね。親しい者同士だと「そうだよな」、「そうなの」なんて「ナ行」をつけて話しますよね。親しい人に対しての、呼び名や語尾は「ナニヌネノ」で成り立っているんじゃないかと思うわ。

月子　なんとなく懐かしい感じもしますね。

尾崎　「懐かしい」ということば自体、「ナ」から始まってるわね。家族同然ともいえる存在の猫も「にゃお」、「ナ行」で鳴くわね（笑）。外国では「ミュウ」かしら。mとnは似たところがあるのよ。外国から入ってきたことばには、mとnがあって、梅や馬、「んめ」「んま」、これはmね。中国では梅を「めい」と言うんだけど、言いにくいので日本では「んめい」と言ったようよ。古くは「むめ」と書いたのね。それから、nにiがついた発音というのは多いわね。例えば「紫苑《しおん》」の花。かつては「しおに」と言っていましたけど、これはn＋iね。「銭」も、セン（sen）のnにiがついて、銭《ぜに》。鬼とはもとは「隠」で姿が見えないこと。そのオンにやっぱりiが付いてオニ。

星男　「ふみ」もそうですか？　文《ふん》にiが付いたのでしょうか。

尾崎　これはmね。だからiがついてフミ（fumi）になった。みんな外来語から日本語になっているのよ。iを付けたということは、最後の音をはっきり発音しようという習慣があったのかもしれませんね。

Lesson 6

軽い音、重い音

尾崎　今日は音の性格について、「ハ行」からいってみましょう。
星男　「ハヒフヘホ」ですね、明るい感じがします。
尾崎　そうね、それだけかしら。「タチツテト」に比べていかが。
月子　柔らかな感じ。
尾崎　そう、柔らかいわね。薄いというか軽いというか。
星男　ひらひらする。
尾崎　良いことを言った。ひらひらってどういうこと？　軽くて浮いてるでしょ？　そういう感じなのよ。
月子　木の葉が舞うのを、はらはらと言いますね。
尾崎　そう、「ひらひら」とか、「はらはら」とか、「ラ行」音の字を付けると良くわかるでしょう。

「ひらひら」は「ハ行」の象徴ね。軽く、薄く、浮いているような感じが「ハヒフヘホ」。さて、次、「マ行」はどうでしょう？

星男　あったかい感じがします。

尾崎　あったかい。それに通じるかしら、何か、丸い感じというのか、つややかな感じというのがない？　まろやかと言ってもいいかしら。特にマ行に、涼やかさを感じさせる（ｉ）という音が付いて「ミ（ｍｉ）」になった時、耳ざわりが非常にいい音になりますね。

月子　女性に「美《み》」がつく名前が多いことは関係がありますか？

尾崎　「マ行」の、まろやかで、かたい感じがしないことが女性の名前にあっているのかも。「ミ」は、音として聞いたときに清らかで美しい、そういったことも好んで名前に付けられる理由になっているかもしれませんね。

星男　神様自身を指すことばや、神様への捧げ物に、「御」を付けて「み」と言ったりもしますね。

尾崎　敬意を表しているのでしょう。たとえば、都ということばの成り立ちは、「みや・こ」です。「みや」は宮と書くけど、御《み》という美称と、「や」は屋で「御屋」。「こ」は処《ところ》、此処《ここ》の「こ」。都を分解すると、神聖な大切な建物「御座」があるところ、という意味ですね。宮というぐらいだから、「み」には大切な、という意味がこもっているのでしょう。「マミムメモ」は、艶やかで神聖、うまく使うと非常におもしろい音です。次は「ヤ行」ね。

月子　「ヤユヨ」は耳で聞くと、きれいだなと思いますね。

尾崎　そうね、私は「ユ」っていう音、きれいで好き。「ヤ行」の音の特徴としては、母音の影響が出やすいわね。「ヤ」は「ア」列だけど結構鋭い感じがする。「ユ」は内向的な「ウ」音がついているので、うまく使わないとやや暗い感じになる。「ヨ」も同じで、「オ」音が付いているから少し重い。私の歌で、

「**昏むまで降り積む雪にまぎれ行《ゆ》き還らぬものを過去《すぎゆき》といふ**」というのがあるんだけど、これは「ゆき」という音を三回重ねているの。ここでちょっと実験。この歌を分解してみましょうか。ちょっと読んでみて。

音の分布で抒情を歌う

星男　「くらむまでふりつむゆきにまぎれゆきかえらぬものをすぎゆきとゆう」。

月子　カ行音が多いですね。

尾崎　そう、「キ」が三個、「ギ」が二個、カ行音は全体で七個あるわね。

星男　「ウ」音もずいぶんありますね。

尾崎　そうなの、「ウ」列音は十個、そのうち「ユ」音が四個。カ行が多くて堅いような気が

するんだけど、「ウ」音を多く入れることで、雪の冷たい抒情を支えてる。

月子　はじめから、音韻を考えて歌をつくるのですか？

尾崎　音韻がすべてではないのよ。でも、ことばを選んでいくときに、「音」を考えることは非常に大切ね。何故なら、短歌は歌うものだから。では、次、「ラ行」にいってみましょう。

月子　「ラリルレロ」は滑らかな感じがします。

尾崎　そうですね。ほかには？

星男　転がるような感じ。コロコロコロとか……。

尾崎　そうそう、さっきの「ひらひら」と比べると、これは流れるとか、転がるような感じがするわね。

星男　「ラ行」は、変転極まりない、という感じの音ですね。

尾崎　そう、これもまたうまく使うと歌に弾みが出ます。さて、あとは、「ワ行」。「ワヰウヱヲ」のうち、「ヰウヱ」はア行と同じ、助詞の「ヲ」も、音はア行と一緒ね。「ワ」はダブル母音みたいなもので、「ア」に比べると幅が広い感じです。さあ、最後に「ン」が残りました。

月子　「撥音《はつおん》」ですね。

尾崎　そう、撥ねる音、「バツオン」ともいうけどね。「ン」という音自体には、際立った性質はない。「ン」だけ、一音語では成り立たないのね。そうとすると、間に入ったり、いちばん最後に置かれることになる、だから前後に来る音で全然性質が違ってしまいますね。撥ねる音ではあるんだけれども、その音があるから撥ねるかというと、そういう訳でもないの。「あるらん」とかね。昔だったら「あるらむ」と書いて「あるらん」。それから「行かん」。この場合だったら、きちんと切れるから意志を表している。でも「ん」だけ言ったって何の意味もないわけで、無性格だって考えたほうがいいんじゃないかしら。ただ無性格といっても使い過ぎると安定感がなくなります。気をつけて使ったほうが良い音ね。

星男　これで、全部終わりましたね。面白かったです。

濁音の効果

尾崎　あとは濁音と半濁音と拗音がありますね。濁音はどの行に付く?

月子　ガギグゲゴ、ザジズゼゾ、ダヂヅデド、バビブベボ、この四行ですね。

尾崎　そう、もとの行に比べてどう?「ガギグゲゴ」は?

星男　「カキクケコ」よりさらに堅い感じがします。濁った感じも出ますね。

尾崎　そうね、歌に使うときは要注意ね。あまり多く使うと汚くなってしまう。だけど、重みを付けたり、ギクシャクしたような感じにしたい時は、「ガギグゲゴ」を入れるといいんです。

主張が強いから、ある部分を強調したいときにも効果的ね。助詞の「が」は、「は」よりも強く感じられるでしょ。「ザジズゼゾ」は？

月子 「サシスセソ」よりずいぶん、透明感がなくなりますね。

星男 そのかわり、厚みが出ますね。

尾崎 そう、濁点があると濁りやすいけれども、幅を付けたい時にうまく使うと、結構おもしろいことができるのよ。「ダヂヅデド」なんか特に、非常に強い性質を持っています。昔は、土佐のあたりでは、お水のことを「オミドゥ（omidu）」って発音したそうですよ。「ミ」っていうのは水のこと。旧カナだと「ミヅ」ですけど、「ヅ」は、「ド（do）」なんですよ、本当は。水のある「ところ」の「ト」、だから本当は「ミド」なんですよ。土佐あたりではそれが、かなり後まで残っていたようですね。今はみなさん「ス（su）」を濁らせて「ズ（zu）」発音をなさるようです。昔はダヂヅデド、つまり「ドゥ（du）」だったのね。

星男 耳ざわりな音っていうのはありますか？

尾崎 私がいちばん気になる、あまり使いたくないのは、「で」という口語の助詞ですね。「で」は、しゃべるときでもよく出てきますけど、「それでー」と語尾を伸ばす話し方を聞いたときなど、耳ざわりね。もとは「にて」、それが詰まって「で」になったので、短歌では、私はできる限り「で」は使いたくないの。なんとなく、洗練されていないというか、あんまりきれいじゃないですね。

できれば本来の「にて」の形に戻して使いたいところね。あとは「バビブベボ」？

月子　はい、「バビブベボ」は、「ハヒフヘホ」の軽やかさがなくなりますね。

尾崎　そうね、「ハヒフヘホ」と全然違うのよね。

星男　同じ弦楽器でも、バイオリンの高音は「ハヒフヘホ」で、例えばビオラとか、そういう楽器は「バビブベボ」の音って感じがします。

尾崎　そうね、うまい表現ね。チェロなんか、ブンブンブン……って、重い震えを感じさせるわね。これをうまく使うと、歌が締まる場合があるわよ。「何々すれば、こうであった」という原因結果の形で歌をつくることがあるけど、その「すれば」の「ば」。私の恩師、佐藤佐太郎は、「ば」っていうことばを、非常に嫌いましたね。原因結果の形で歌をつくるな、と教えられたのだけど、本当は、「ば」っていう音がお嫌いだったのかもしれない。きれいな音ではないけど、それも心得ていて使う分には構わないでしょう。

星男　のこりは半濁音と拗音《ようおん》ですか。

尾崎　そうね。半濁音は「パピプペポ」。この発音を「破裂音」というけど、シャボン玉の割れる軽さと鋭さがあることも頭に入れておくといいわね。それから拗音。

月子　「拗」って……？

尾崎　「拗」は「すねる」っていうことよ。「シュウ」とか「チョウ」とか、拗ねる音。これ、うまく使うと効果的なのよ。たとえば、前に星男さんの言った「水晶」。「スイ」は擦過音、「ショウ」は擦過音の拗音。音としてはすごくきれい。透きとおって。

月子　歌をつくるときに、こんなに「音」が大切だとは、考えてもみませんでした。

尾崎　今まで話したことは、私がかつて放送詩、つまりラジオの聴覚詩を書いていて気付いた、私の実体験をもとにしたものなの。「感覚」というのは個人差があるから、もちろん違う感じ方をする人もいるでしょうけど、基本はそう変わらないでしょう。短歌をこうして分解して教えるということは滅多にないので、ふたりともきっと急にうまくなるわよ（笑）。

Lesson 7

好きな音を選ぶ

尾崎　「音の性格」はいかがでしたか。

星男　はい、「キコキコ」は堅い感じがするとか、「ひらひら」は軽いとか、音のもつイメージがよくわかりました。

月子　ことばの選び方ひとつで、質感がずいぶん違うものだと思いました。

尾崎　そうね、この「音の性質」を押さえておくと、耳ざわりのいい歌がつくれるので、ぜひ覚えてほしいわね。では、それを生かして実際に、歌をつくってみましょう。歌のつくり方には、題詠とか、いろいろな方法があるけど、音から入る方法をやってみましょう。これまでひとつひとつ音の性格を確かめてきたけど、好きな音ってあった?

星男　「ラ」が好きです。

尾崎　「ラ」ね。これはことばの上にもってくることは難しいかも。下の方におく音ね。月子さんは？
月子　なんか、考えちゃいますね（笑）。
尾崎　考えなくていいの、感覚で。思いつきでいいのよ。
月子　では……「サ」にします。なんかきれいな音だから。
尾崎　はい、「サ」ね。では、「サ」でつくってみましょう。「サ」と聞いてどんなことばが出てくる？
星男　「早緑」。
尾崎　そうね、「早緑」はすぐに出てくることば。実はね、短歌をつくり始めた人は、よく「早緑に」って歌いたがる（笑）。
星男　すみません（笑）。
尾崎　「早緑」の「さ」には、「新鮮な」とか、「つやつやした」、あるいは「神聖な」っていう意味があるんだけど、「早緑」っていうと、それだけで歌が凡庸になる感じがするのね。前にも言ったけれど、使い古されたことばや、古めかしい歌語を使わないこと。短歌は現代人の歌なんだっていうことを覚えておいてほしいの。
月子　現代人の歌というと……、思いつきません。
尾崎　そんなに堅く考えなくていいの。じゃあ、「サ」でつくる五音を考えてみましょう。五音だったら、何でもいい。できなかったら、四音でもいいわよ。

星男　「さみしい」とか？
尾崎　そうね。
月子　「さわやか」とか？
尾崎　「さわやか」、いいですね。はい、それから？
星男　「笹の葉、さらさら」。
尾崎　いいけど、みんな四音ね。
月子　「五月晴」。
尾崎　うん、そうね。こんな感じでまずは「サ」のつくことばを次々に挙げてみる。そうしたら、ひとつずつ、使えるかどうかみてみましょう。五音で、いちばん上に持っていけるものはないわね…。「五月晴」はそれでことばが切れちゃうから、はじまりには持って行きにくいのよ。
星男　なるほど、そうですね。「笹の葉」はどうでしょうか。
尾崎　四音だから、もう一音くっつけなくちゃね。「の」とか「は」とかつければいいから、これ使ってみましょうか？　あとはどうかしら？
月子　……「さわやか、に」はだめですか？
尾崎　そうね、いいんじゃない。「さみしい」だと一番はじめには来ないわね。「さみしくて」としてみて、三番目の五音には使える。と、ひとつひとつ見ていくわけだけど、今日は「笹の葉」でつくってみましょうか。「笹の葉」のイメージを考えてみて。

イメージを広げる

星男　「笹の葉」と言えば七夕です。

月子　私は幼い頃、川で流した笹の葉の舟を思い出します。

尾崎　そのイメージから次のことばを探しましょう。「笹《ささ》」と「サ」の音が重なるので、次のことばも「サ」を使うときれいよ。

月子　では、「サ」から始まることばを考えればいいんですね。

星男　僕はやっぱり、「さらさら」が出てくる（笑）。

尾崎　いいわよ、「さらさら」で。七音にするには、あと三音くっつけなくちゃだめね。「笹の葉のさらさらなんとか」って具合にね。私だったら、そうね…たとえば「さやぐ夕暮」とか。

月子　わぁ、素敵。

尾崎　これで「場所」ができちゃうのよ。「さらさら」だけでは状況が見えてこないでしょ。「さやぐ」っていうと、風が吹いている様子が目に浮かぶでしょ。

星男　そうですね、「さらさら」だけじゃ足りないんですね。

尾崎　歌に出てくる「さーらさら」っていうのは、風の音よね。例えば、「笹の葉を過ぎゆく風」と言ったっていいんだけど、風と直接言わないで表現する方法はないかな、と考えてみて。

月子　それで「さやぐ」を使うんですね。

尾崎　このことばで、「さやさや」っていう、笹が風になびいている感じが伝わるでしょ？「さやぐ」を、何から連想したかというと、「さわやか」ということばからよ。「さやぐ」っていうとさわやかに揺れているっていう感じでしょ。「さやぐ」で三音、次に「時」を入れちゃうのよ。前に、困ったときは「時」を入れるといい、って教えたこと、覚えてる？

月子　はい、歌のイメージがはっきりすると、教えていただきました。

尾崎　そう、それで「夕暮」と入れたのよ。ごく簡単な順序で、歌はつくっていけるのよ。でも、私の方は置いておいて、「さらさら」で続きをつくってみましょう。

星男　「さらさら揺れる」……ではどうでしょう。

尾崎　いいじゃない。「笹の葉のさらさら揺れる」ね、次はどうする？　さっき私は、「夕暮」と入れたけど、夕方だとか夜だとかいう「時」を入れるか、あるいは、七夕さまだということがわかるようなことばが入るといいわね。

月子　「星明り」ではどうですか？

尾崎　いいわよ。「星明り」。これで、もう夜だってわかったし、お星さまが出ているところまでわかった。

星男　七夕っぽくなってきましたね。

尾崎　さて、「星明り」がどうしたか、ということを今度は考えるの。「星明り」っていうことばを使うと、そこでちょっと切れる、こういうのを「三句切れ」っていいます。「笹の葉のさらさら揺れて　星明り」、ここでちょっと切れるでしょ。そうすると、そのあと違うことを言えるわけよ。たとえば心情とか。

月子　七夕さまだから、「恋しい」とか、そういうのですか？

尾崎　そうそう、恋の歌にしちゃう？（笑）上の句のイメージを抱いて、今度は心の感じというのを、七七で言ってみて。何でもかまわないから。

熟したことばを使う

星男　七夕ですから、ずっと会えない人に、一日会いたい。

尾崎　「一日会いたい」っていうのを最後にもってくる？

星男　ははは（笑）、なんか照れますね。

月子　「別れし人に」じゃおかしいですか？

尾崎　それもいいわよ。「一日会いたい」は、七音だから使ってもいいんだけど、「一日」っていうのがちょっと俗っぽい感じがするわね。「会う」ということばを使わずに、会いたいという感情を表現したらどう？

星男　えーと、七夕だから、つまり日頃会えなくて……。

尾崎　例えば、「遠きかの人」とかね。「遠きかの人はいずこにあらん」という言い方をすると、「今どこにいるんだろう」という思いがにじんで、恋しく思っている気持が出てくるでしょ。「一日会いたい」だと、本当に「別れし人に一日会いたい」というふうになっちゃうわね（笑）。

月子　わかりすぎちゃうという感じがしますね。

尾崎　そうね、浅い感じになるわね。少し幅を広げるためには、たとえば文語脈にして、「いずこにあらん」というようなことばを使うといいのね。ちょっと整理してみましょうか。「笹の葉のさらさら揺らぐ……」、「揺れる」より「揺らぐ」がいいわね。

「笹の葉のさらさら揺らぐ星明り遠きかの人はいずこにあらん」。どう？

月子　恋の歌ですねー。素敵。

尾崎　「星明り」ということばが入ったために、上句と下句は全然違うのにつながってるわね。夜ということもわかるし、こういうことばを入れると、下句に、自分の心情を託すことばを入れたり、全然別のことをいっても、ちゃんと合ってくるわけよ。それが俳句と違うところね。

俳句だと言い切っちゃうんだけど、短歌は下の句という金魚のしっぽのような揺らぎをくっつけることが出来るの。そこに「心理」を盛り込めるのは、短歌独特の味を出せるところね。これをまず、覚えちゃうと上達が早いわよ。

星男　なんとなく恋しい思いが伝わってきますね。

月子　「一目会いたい」では単調だったのに、深みがでました。

尾崎　はじめに出てくることばが「一目会いたい」でも構わないのよ。それをもとにして、ことばを替えていけばいいの。「熟したことば」に替えていくっていうのは大事なことよ。こういう歌のつくり方は、どう?

月子　楽しかったです。ことばを「音」の質感で選んでいくっていうのは、気持のいい方法ですね。「音」からはじめる歌づくりなら、私にもできそう。

尾崎　そうそう、その調子。やってみてね。

Lesson 8

発想を飛ばす

尾崎　前回は、「音の性格」をふまえて、実際に歌をつくってみましたね。

星男　はい、

「笹の葉のさらさら揺らぐ星明り遠きかの人はいずこにあらん」ですね。

尾崎　そう、この歌は上の句が「自然詠」、下の句が「心象詠」ね。今日はその「自然詠」の部分について、考えてみましょう。

月子　「自然詠」というのは、自然や風景を詠む、ということですか。

尾崎　そうね、自然であったり、「心象」に対しての「具象」というか、目の前にあるものを具体的に捉えるということね。私は、抽象とか、心象とかを取り入れながらも写実の立場に立っているんだけれど、物の「捉え方」っていうのは、たいへん大事なことなのよ。見ているものを、ことばで表すわけだけど、表現する前に、まず、自分が目にしているものを「どう感じてるか」っていう部分が大切なの。たとえば、鎌倉の段葛《だんかずら》、お二人は最近通った？
星男　はい、昨日歩きました。もう桜が芽吹いていますよ。
月子　ええ、私も気付きました。小さなつぼみが青空に光っていて、きれいでした。
尾崎　つぼみが光ってる、これもひとつの捉え方ね。お二人は桜の枝を見上げて気付いたわけでしょ。見上げる、仰ぐ、このことばで「自分」の存在がわかってくるのね。「自然詠」とは言っても、必ず「われ」という存在がある。この「われ」という存在がしっかりしていないと「具象」も「抽象」も「心象」も詠めないと、私は思うのよ。
月子　つぼみが光っていることを発見した「自分」がいるということが大切なんですね。
尾崎　そう、「発見」、いいこと言った。いつも見ている風景から、何を「発見」できるか、っていうこと。旅に出ていちいちつくってたんじゃ、時間もお金もたいへん（笑）。だいいち、旅は日常ではなく非日常だから、自分だけが感動して、全然ことばになってない、っていう歌は多いんですよ。だから、身近なところから新しいものを見つけるっていうことがすごく大事になってくるの。
星男　見慣れてるものから、新しい発見をするというのは、難しいですね。
尾崎　そうね、歩いていればまだ何か、新しいことに出会いそうだけど、居ながらにしてそれをするにはどうしたらいいと思う？

月子　うーん……、この間「七夕」の歌をつくったときには、「イメージを広げる」ってことをしましたね。
尾崎　そう、連想をするの。連想がすごく大事。じゃあね、やってみましょう。「水」で連想することばを考えてみて。
星男　「流れ」……とかでいいんでしょうか。
尾崎　いいわよ。いちばん簡単な連想よね。もうちょっと、発想が飛ぶといいのよね。たとえば、「水曜日」とか。
星男　なるほど、気がつきませんでした。
尾崎　それから？　まだまだあるでしょ。
月子　「川」。
尾崎　いいわよ。それも「流れ」と同じで、直接の連想ね。もうちょっと、ピピッと飛ぶといいんだけど。
星男　……「喉が渇く」は？
尾崎　「渇く」っていうことばはいいわね。ほかには、ない？
月子　「海」とか、「波」とか。
尾崎　いいわね、でもやっぱり直接の連想ね。たとえば…「風水」とかね。流行ってるし（笑）。

「風水」ということばを使うと俗っぽいから、そこから連想して、「風」とか。
星男 そういうふうなのでもいいんですか。
尾崎 いいのよ、連想だから。もうひとつ飛んで、「石」とか。これは「水」の反対ね。流れるものと、動かざるものという対照。
月子 水、川、波じゃ単純すぎなんですね。

「発見」をのせる

尾崎 そこまでだと、誰でも思うことでしょ。その上に、なにか新しい発見がないと。「水」と「石」でも同じよ、「流れる水」と「動かない石」、それじゃ当り前でしょ。水がどんな状態だったか、っていう発見、〝how〟がないとだめなの。前にもお話ししましたけど、五W一H、覚えてますか?
星男 はい、when、where、who、why、what、そしてhowです。
月子 whoは短歌ではだいたい「われ」だと教えていただきました。
尾崎 そうね、復習になるけど、この中でとくに短歌に大切なのは、whenとhowね。whereは、たとえば「どこでもいい」ということもあるし、whyも同じ、「なぜだかわからないけれど」でもいいのよ。

星男　困ったときは「時」を入れる、ということも教わりました。

尾崎　そう、「時」、ｗｈｅｎというのは短歌の場合は非常に効果があるの。「時」を限定することで、風景なんかの印象が際立ってくるのよ。なぜかというと、「昼」なら「昼」のイメージは、大抵皆一様に持っているでしょ。

月子　はい、明るい感じを思い浮かべます。

尾崎　大事なのは、その一様に持っているイメージを、ただなぞらないこと。それだけだとつまらないのよ。一般的なイメージを先に想像させておいて、その上に自分の発見したものをふっとのせると、「あ、そういえばそういう風景、私も見たわ」っていう共感が得られるのね。だからｗｈｅｎがたいへん大事だってことね。

星男　はい、同じ海でも、昼と夜では、まったく印象が違うということがありますね。

尾崎　そう。それから、ｗｈａｔ、「何をした」も大事ね。きちんと言いきって、一首を緊めるということ、覚えておいてね。さあ、今日は、ｈｏｗ、「どのように私は感じたか」、「どのように見えたか」、という部分を学習しましょう。今日は、「りんご」を素材にしましょうか。「りんご」って言われて何をイメージするかを挙げてみて。詩的に言おうなんて思わないでね(笑)、普通でいいから。

月子　赤い？
尾崎　そうそう、いいわよ、それで。
星男　酸っぱい。
尾崎　そうね、甘酸っぱいわね。
月子　いい匂い。
尾崎　うん、そうね、それから？
星男　丸い。
尾崎　そう、ほかにはどんなイメージがある？　短いことばじゃなくてもいいわよ。説明してみて。
月子　木になってるりんごは、たわわに実ってきれい。
尾崎　きれいよね、それから？　たとえば皮が薄くて、剝いて食べるとか、そういうこともあるわけでしょ。
星男　そのまま齧る。
尾崎　「齧る」っていうことば、いいわね。でも今は、農薬がついてると思うと齧れないわね（笑）。
月子　芯がある。
尾崎　そうね、「青りんご」なんて考えなかった？　こんなふうに、りんごのイメージってたくさんあるわけじゃない。ここらへんが、だいたい皆が平均して感じるりんごの属性ということになるわね。この属性をうまく使って、歌にするってこともできるわけ。さて、今日はね、りんごを持ってきたんです。

月子　わあ、大きい！

尾崎　きれいでしょう？　あとレモンを買ってきました。さあ、それで、お二人が嫌がることをしようと思うんだけど（笑）。今日はね、絵を描いてみましょう。

対象をじっくり見る

星男　えっ、絵を描くんですか。

尾崎　そう、ことばというものの性質を知ってほしいから、絵を描いてもらうのよ。別に上手じゃなくていいの。まずは形を描いてみてね。

星男　「りんご」って文字で書いておかなきゃ、なんだかわからないかも。

尾崎　だめよ、書いちゃ（笑）。はい、結構です。今、「かたち」を一生懸命見たでしょ。さっき出た、「丸い」ね。さあ、今度は色を着けて行きます。

月子　わあ、トマトみたいになっちゃった。

星男　塗れば塗るほど、りんごから遠ざかるみたいです……。

尾崎　でも面白いでしょ。こういうことは、短歌を学ぶのに普段使う手ではないんだけど、何をしようとしたかっていうと、「対象をじっくり見る」ということなのよ。りんごひとつと言ってもなかなか描けないでしょ。幼稚園の頃の方がもっとうまく描けたと思うのね。つまり、物をよく見て、その通りに無心に描くっていうことが、すごく大事。同じようなことが短歌にもあるのよね。

月子　はい、こんなにものをじっくり見たのは久しぶりです。

尾崎　次に絵とことばの違いね。「丸い」「赤い」は絵で表現できるけど「甘酸っぱい」は出せない。それからりんごの芯、これも外からじゃ見えない。だけど、ことばは形にならないものが言えるっていう性質があるわね。

星男　「丸い」「赤い」を表現するなら絵の方がずっと簡単な気がしますが……。

尾崎　そう、ものそのものを表現するなら絵の方が早いわね。でも「甘酸っぱい」「いい匂い」という目に見えないもの。これは描けないけど、ことばを使って連想させることができる。たとえば、私の歌集『夏至前後』にこういう歌があるの。

　「**香と共に脱**《のが》**れゆくもの見えざれど卓の林檎の熟れ極まりぬ**」。

星男　熟れたりんごの、いい匂いを連想します。

月子　はい、甘酸っぱくておいしそう、と思っちゃいます。

尾崎　「脱れゆくもの」で、見えない香気を感じるでしょ？　こういう連想を、ことばは誘うことができるわけよ。大切なことは、まずは、皆が持っている一般的なイメージをおさえておく、読者を意識するってことね。その上で自分の「発見」をのせていく。そうすると思い込みの激しい歌にならないですむのね。読む人が、なるほどね、って思うような切り込みの表現ができるの。絵とことばの、表現の違いも覚えておいてね。

たぬ子のワンポイント・アドバイス③

「発見」がカギ

短い詩型である短歌は、形になじみ易いせいもあって誰でもつくれる「日本の国民詩」だが、それだけに、猫も杓子も似たような発想の歌をつくるという弊害もある。個性のある“自分らしさ”を生かすためには、常に「発見」を心がけるとよい。「発見」とは、英語では「discover《ディスカバー》」という。カバーされていたものを取り去る意である。毎日見馴れた素材でも、心の視線をほんの少し変えて直視することで、思いがけない、新鮮な素材となり、いきいきと見えてくる。自分自身の内部も、素直に見つめることで、思いもよらぬ一面が急に見えて来たりする。今まで常識で隠されていたものが、カバーをはずす意識をもつだけで、光りかがやいてみえる。これが「発見」の真意であり、日常の中で生きる醍醐味でもある。

Lesson 9

ことばが誘う連想

尾崎　では、りんごをテーマに、歌をつくりながら、さらにことばの表現の特徴を考えていきましょう。まずは、何をする？

星男　りんごから連想することばを挙げていけばいいでしょうか。

尾崎　そうそう、どんどん挙げてみて。

月子　「冬」。

尾崎　「冬」、いいわね、それから？　今、窓の外を自転車が通ったから、「窓外」。こういうのも連想の一種ね。私たちがここにいて、卓上にりんごがあって、窓の外をたとえば「自転車」が通ったという今の状況、これはつまり、りんごという素材に添えるものとして考えるといいわけよ。

星男　「クレヨン」……。りんごの絵を描くときに使ったものですけど。

尾崎　うん、いいんじゃない。さあ、どんどん出してみて。りんごの属性として、甘酸っぱいとか、いい匂いとか、そういうのも出たけど。

星男　りんごの歌といえば、北原白秋の

「君かへす朝の舗石《しきいし》さくさくと雪よ林檎《りんご》の香のごとくふれ」を思い出します。

尾崎　有名な歌ね。恋人の女性を見送って、後ろ姿を見ているのね。

月子　「さくさくと」っていう音に清涼感があって、きれいな歌ですね。

尾崎　この「さくさく」が上手いでしょう。りんごの「さくさく」と、雪を踏んでいく「さくさく」をかけたのね。私、白秋の歌の中でもこの歌、とても好きなの。情感があるのよ。これはりんごの香というのを、皆のイメージに訴えてるわけ。

星男　これは、ことばならではの、連想を誘う歌ですね。

尾崎　そう、絵では「さくさく」は出てこないわよね。絵を見て連想するということももちろんあるけど、ことばを使うとより確実になる。この白秋の歌はいい歌ですねぇ。さて、ここまですぐつくれとは言わないけど（笑）、冬とクレヨンで、なにかつくってみる？　ふたつだけだと難しいけど……そうね、

「クレヨンに描くあいだも窓内に甘く香にたつ冬のりんごは」っていうのは、どう？

月子　先生は、どうしてそんなに、スラスラと歌がつくれてしまうんですか？

尾崎　（笑）目の前のこと、そのまま歌えばいいのよ。クレヨンていうのは、けっこう効くのよ。この歌で、どんな情景が浮かんでくる？

星男　クレヨンが、箱に二十色くらい並んでいる、カラフルな感じがします。

尾崎　そう、色が浮かんでくる、ことばの魔術ね。冬のりんごっていうと、だいたいは赤をイメージするけど、クレヨンのいろんな色のイメージが後ろにたってくるから、うまく背景に持っていくと面白い歌になるのね。

月子　色を連想させる歌なのですね。

尾崎　いい歌じゃないかもしれないけど、ことばが誘う連想を上手く使っているとは言えるわね。

星男　「描く」という行動も、絵では表現しにくいですね。

尾崎　そう、絵は静止しているから、動いている状況や時間の推移を描くことは難しいわね。

「時」の表現

月子　絵は、「経過」は描けないけど、昼の明るさとか、雪が積もっていれば冬だな、とか、そういうのはことばで伝えるより簡単に表現できますね。

尾崎　そうね、でも時の移ろいのようなものは、ことばでないと、なかなか表現できないのよ。

時間の、何ていうか、厚みとか流れとか長さとか短さとか、そういうものね。絵には描けない時間というのには、どんなことばがあるかしらね。たとえば、「昼」ひとつでも、いろいろあるでしょ、「昼過ぎ」とか、「昼下がり」とか。昼が過ぎると「午後」。それから？

星男　「夕べ」……。

尾崎　そう、当り前に考えて。夕べのあとは？

月子　「夜」……。

尾崎　夜ね。夜までの間に、よく使われるけど、「黄昏」があるわね。

月子　「夕暮」は？

尾崎　そうね、「夕暮」もある。「夜」っていうことばは上手く使うと非常に生きてくることばよ。たとえば、「夜のりんご」なんて、とっても情感が出るでしょう。「昼のりんご」だとつまらないんだけど（笑）。

星男　先生がおっしゃると、何となくそうかな、という気にはなりますが、情感があるとかないとかっていうのは、どうやって聞き分けるんですか？

尾崎　それはねぇ、その人の感性なのよね。「夜のりんご」と、「冬のりんご」の情感の違いを感じるとか、そういうこともね。ことばに気を集めて聞くのよ。真剣に感じ取るの。さあ、夜はほかにどんなことばがある？

月子　「夜更け」……。
星男　「宵」……。
尾崎　そうね。よく真夜っていう人がいるけど、あれはやめてね。真夜中とは言うけど、真夜っていうのは変なことばよ。これも感性の問題だけど。「真夜ひとつ星輝きて」なんていうと、すごくうまいように錯覚するかも知れないけど、真夜は、古くからあることばではないし、とにかく、変に飾らないこと。夜なら夜と言っちゃう方がいいのよ。さて、夜は更けて、それから？
星男　「深夜」……。
月子　さらに進むと「暁」でしょうか。
尾崎　そうね、そのへんまでね。薄明っていうことばがありますけど、これは朝と夜、両方使うし、だいたいは朝ね。
星男　朝だったら、「曙」とか「夜明け」とか、そういうのもありますね。
尾崎　時を表すことばは、たくさんある。前にも言ったけど、短歌は時の設定をすることで、印象がすごくはっきりしてくるのよ。先ほどの白秋の歌には「朝」が出てきたでしょ。前の晩のふたりの熱い愛情を想像させながらも、「朝」と限定することですがすがしい歌になってる。「時」が非常に効果的に使われてるわよね。それから、「オリオン」って言ったら「冬の夜空」って連想するでしょ。時が限定されると受け取る側のイメージが明確になるわけね。それをまずひとつ覚えてちょうだいね。それから、もうひとつ、もうちょっと大きな言い方があるわね。「過去」とか。

月子　「現在」とか、「未来」とか？

尾崎　そう。それから時を表すことばは、まだほかにもあるわね。たとえば、「遠祖」ということば。「遠い祖先」には、「ずっと遠い過去」っていう意味がある。だから、必ずしも時を表すことばをそのまま使わなくてもいいのよ。それから、もっと瞬間的な使い方があるわ。

月子　瞬間というと、今、この時、ということですか？

尾崎　そう、人と話をしている時に、「時」っていうことば、よく使わない？

星男　先生に、質問された時、僕はこう答えた……とか、そういうことですか？

尾崎　そうそう、時の限定をする時ね。流れてる時間の断片を切り取るときに使うと効果的。私は「刻」と書いて「とき」と読ませる使い方をよくするわね。刻まれている時間、という意味を持たせるというか。じゃあ、「時」をテーマにまた、一首つくってみましょうか。何かことばを挙げてみて。

星男　「時」を表すことばですか？

尾崎　そうねぇ、過去とか未来とかでもいいし。

月子　歌にすることばだと、なんか意味がないと、挙げにくいです。

尾崎　たとえば、さっきの「オリオン」みたいに、冬の夜という「時」を連想させることばでいいのよ。……じゃあ、「星座」でつくってみる？　「星座」から連想することばをだしてみて。
月子　……「見上げる」。
尾崎　見上げる、ね。「仰ぐ」というような言い方もできるわね。
星男　……「ゆらぐ」「またたく」。
月子　……「きらめく」「うつる」。
尾崎　いいわよ、どんどん出して。
月子　直接的な関係がなくてもいいですか？
尾崎　いいわよ、全然関係なくても。
月子　じゃあ、……「散歩」。
星男　……「帰り道」。
尾崎　それぞれ夜空を見上げて歩いてる、ってことかしらね。もっといくつも出してみて。ほんとに普通のことばでいいのよ。
月子　……「丘の上」。
星男　……「海」。
月子　……「冴える」。

星男　……「澄んで凍ってる」。

尾崎　澄む。空気が澄んでるのね。それから、凍る？　凍るっていうの、面白い。このくらいで三首くらいできちゃうわよ（笑）。

月子　えっ、もう？

尾崎　もう少し出してみる？　海の星っていうことは、どこにいて見てるの？

星男　えーっと、浜辺です。

尾崎　「夜の浜」、とか、「砂の上」、とか。いろいろ言い方があるわね。それから忘れちゃいけないのは、「われ」の存在。つまりね、散歩していたり、海へ行ったり、という「われ」がいるわけでしょ。そこに「行動」、「動き」が出てくる。「行動」が表現できると動きのある歌がつくれるから、それも覚えておいて。自分がいつ、どこにいて、何を見てるか。「五W一H」っていったでしょ。さて、じゃあ、つくってみましょう。

月子　ことばを挙げることくらいならできるけど、歌にするとなると、どうしていいか…。

尾崎　構えなくていいのよ。今挙げたことばを組み合わせていって、足りないところを埋めていくのよ。パズルだと思ってつくったらいいのよ。あっちこっち動かしてみて、場所を変えたり、助詞を変えたり。とにかくそれに慣れることね。

平俗を捨てる

尾崎　まだ思いつくことばがあったら挙げてみて。
月子　……「泣いてる」、っていうのはどうでしょう。
尾崎　泣きながら？　ちょっと甘いかもね（笑）。
星男　……「君と会う」。
月子　（笑）白秋に張り合って。
尾崎　そうねぇ、でも「君と一緒に」「夜の砂浜を」「星空を仰いで」なんて、甘ったるいじゃない。
星男　流行歌みたいですね（笑）。
尾崎　そう、流行歌は、そうやってつくるのよ。だから、あなたがたはもう流行歌はつくれると思うのよ。多少芸術的にしようと思うとね、そういう甘いところを断ち切っていかないといけないのよ。それからね、平俗をやめるの。平俗であってはならないわけ。「詩は志である」というくらいで、志は高く持たないと。
月子　なんだか、ますます難しい気がしますが……。

尾崎　そんなことないわよ。日常の、積もった埃みたいなものをみんな捨てちゃうと、人間本来の、純粋な気持みたいなものが、ふっと現れてくるものよ。その時にね、たとえば星座を見たときには、平俗なものってのは自然になくなってるのよね。それを、詩にしなきゃ、歌を詠まなきゃ、っていう意識で、逆にまた平俗なものをくっつけようとするからいけないの。取っちゃえばいいのよ。

星男　「捨てる」、ということが大事なんですね。

尾崎　そう。なかなか捨てられないものではあるんだけど。短歌っていうのは、短い詩型だし、まずは自分自身と向き合うこと。本当の自分と向き合うっていうのは、皆怖いのよね。たとえば、これまで生きてきた世間体なんかを捨てることだから。でもこれは大事なことよ。現在の仕事の肩書きとか、履歴とか、学歴とか、いろいろあると思うけど、そういうもの全部取り除いて「星男さん」「月子さん」という人間っていったいなあに、という問いかけをするとね、実は楽になれるのよ。余計なものを取り除くと、「こうしなければいけない」って思い込みから逃れて、「自分はこう思う」っていうものが、はっきり見えるようになるから。

月子　そんな境地に辿りつけるか心配ですが、おっしゃることはわかります。

尾崎　要は自分を客観視することができるようになる、ということなんだけど。あせらなくても、やっていくうちにわかってくるわよ。じゃあ、歌をつくってみましょうか。そうね……、最初に「時かけて」ともってきてみましょうか。さて、どうする？

星男　時かけて……、だから「星座移りゆく」では。

尾崎　あら、いいじゃない。次に場所をもってくる？

月子　「夜の浜に」ではどうでしょう。

尾崎　そうそう、なかなかいいわよ。

「時かけて星座移りゆく夜の浜に」上句ができちゃったわね。次は、どうする？

星男　……「君と」。

尾崎　君と会う？　やっぱり入れる？（笑）　じゃあ、「君と並びて」くらいね。「君と並びていたるかの冬」っていうのはどう？

星男　**「時かけて星座移りゆく夜の浜に君と並びていたるかの冬」**。

月子　遠い冬を思い出してるんですね。なんかロマンチックですてき。

尾崎　ちょっと難しかったかしら。これは思い出になっちゃってるから。もうひとつつくってみる？　なにか使いたいことばがある？

星男　……「凍る」。

尾崎　うん、凍るというのはなかなかいいわよ。七音にすると？

星男　……「星座は凍る」。

尾崎　じゃあ、時間と場所を入れてみよう。

月子　やっぱり「夜」でしょうか。「丘の上」、っていうのはどうですか。

尾崎　「星座は凍る夜の丘の上」、いいじゃない、これで下句ができちゃったわよ。じゃあ、忘れちゃいけないこと、「われの存在」を持ってこよう。「行動」ね。さあ、何してる？

星男　帰り道に星を仰いで歩いている、という情景はどうでしょう。

尾崎　帰り道……、という言い方は古めかしくなっちゃうから、「帰路」にしましょうか。五音、七音になるように、考えてみて。

月子　「仰いで」は「仰向きて」にすると、五音です。

尾崎　そうそう、そうすると、「仰向きて」から始まるわね。そして、われが歩いてる、と。

星男　「わが歩み行く」で七音になります。

尾崎　あら、だいぶできるようになったじゃない（笑）。「仰向きてわが歩み行く帰路にして」ってとこね。どう？

月子　**「仰向きてわが歩みゆく帰路にして星座は凍る夜の丘の上」**。

尾崎　遠くの丘の上に、凍るような冬の星座がある、ただそれだけの歌なんだけど。でもいろいろ想像できるわね。なんかひとりで歩いてる、って感じがしない？

星男　星座が凍って輝いている、っていうと、なんか自分がひとり、って感じ、孤独感というか、そういうのが強く表現されますね。

月子　ほんとにパズルみたいにできちゃいましたね。

尾崎　そうよ、あっという間に二首できちゃった。

時制の一致

尾崎　さて、ここでもうひとつ、時の問題で言っておきたいことがあるのよ。前に、「今」とか、「過去」とか、「未来」とか、いろいろ出したけど、「現在形」「過去形」「未来形」って、英語なんかの外国語だけでなく日本語にもあるわけよね。

星男　たとえば初めにつくった歌の「移りゆく」は、現在進行形ということですね。

尾崎　そうそう。そして、「夜の浜に君と並びていたる」というと完了形ね。さらに「かの」とくると、かなりの過去ということ。もしも「移りゆく」も完了形で言うと、どうなる？

月子　……「星座移れる夜の浜」となるのでしょうか。

尾崎　そう。この部分をそういう完了形にすると、読者が混乱するんですよ。「移りゆく」だと、この歌は、現在進行形が、完了して、それが過去のことである、というちゃんとした流れになってくるわけ。「時制」というんだけど、この時制に無理がないようにつくる、というのは、時を表すときにとっても大事なことなのね。二首目も見てみましょうか。

星男　「**仰向きてわが歩みゆく帰路にして星座は凍る夜の丘の上**」。「仰向きて」は現在形、「歩みゆく」は現在進行形。

月子　「星座は凍る」も現在ですね。

尾崎　そう、この歌はみんな現在で統一されているから無理がない。おかしくないでしょう。もしも「歩みて行ける帰路にして」なんていうふうにつくっちゃうと、完了形が入ってくるから時制が混乱しちゃう。

星男　現在と過去が混在する歌というのはありますか。

尾崎　たとえば、歌の前半は現在形で、後半は過去形にするとか、そういうのはいいわよ。時を表すときは、主に助動詞、そこに気を配ると大変しっかりした歌になってくるの。そこまで気をつけてくださいね。さあ、じゃあどんどん歌をつくってみましょう。もうちょっとやさしい歌つくってみる？

月子　えーと……。

尾崎　また、そんなに構えないで。歌をつくることを、楽しまなきゃだめよ。苦しむことないのよ。苦しむ歌つくったらますます苦しくなっちゃう。思いついたことば、なんでもいいから挙げてみて。身近なものでいいから。

月子　金曜日。

尾崎　金曜日、いいわよ。金曜日のままなら五音だし、「この」とか「なり」とかつければ七音になるわね。……星男さん、今指折ってたわね。

星男　今日は週末だな、と思って。

尾崎　「金曜日今日は週末」。これじゃ同じことになっちゃうじゃない（笑）。「指折りて」でなんか出てこない？

月子　お給料日！　いつも指折って待ってるんです（笑）。

尾崎　**「金曜日今日は週末指折りて数えておれば給料日なり」**。ほら、もうできちゃった！　五七五七七でしょ。はじめはこれでいいのよ。あのね、たとえば「金曜日」なら「金曜日」ということばを使って、十首くらい歌をつくってみるの。頭に「金曜日」とおいて次々つくる。遊びよ。そういうのに慣れちゃうと、歌をつくるのがすごく楽になるのよ。ちょっとやってみない？

星男　「金曜日雨の週末指折りて……」。

尾崎　いいじゃない。雨の週末、っていいわよ。晴れの週末じゃつまらないけど、雨の週末っていうところがいいのよね、歌になる。下句は？

月子　……「数えて待てば今日給料日」。

尾崎　やっぱり給料日なのね（笑）。でも毎日毎日数えてた、っていう実感が出ていていいわよ。時を学んで、ちょっと難しいことも言ったけど、実践するときには、そういうことは頭の片隅に置いておいて、とにかく楽しい歌をつくればいいのよ。もっともっと、ことばで遊んでみるといい。「三角、四角、四角は豆腐……」っていうことば遊びは知ってる？

星男　「豆腐は白い、白いはうさぎ」なんて口ずさんだ記憶があります。

月子　「うさぎははねる、はねるはなんとか……」っていうのですね。

尾崎　そう、こういう弾むようなことばを、五七五七七にしていく、っていうのは、遊びながらの訓練になるの。こういう遊びをしてごらんなさい。絵とことばの表現の違いとか、時制の一致を理解するのと同じように、五七五七七に慣れるということは、とても大切なこと。

次回は、はじめの五音を挙げておいて、みんなでつくる、それをやってみましょう。変な歌でもいいから（笑）、遊びながらつくっていきましょう。

Lesson 10

皮膚感覚を大事に

尾崎　これまでいろいろなことを学んできましたね。色彩語、音韻の性格、「時」の表現など。今回からは実際に歌をつくっていく、実践を中心にしていきましょう。

月子　先生、今日は星男さんがお休みなので、代りに虹子さん、夕子さんと一緒に教えていただきたいと思います。

虹子・夕子　よろしくお願いします。

尾崎　はい、では皆でつくっていきましょう。今日ははじめの五音を決めて、何首かつくっていくのよね。はじめの五音は…そうねぇ、今日はとても暑いから、夏の歌でいこう。「夏の日に」から始まる歌、どう？

虹子　「夏の日に」をはじめにもってくればいいんですね。

尾崎　「夏の日に」がいやだったら、「夏の日の」でもいいし、「夏の日は」でも、「夏の日が」

でもいいわよ。助詞を変えても、ちっとも構わない。「夏の日」っていうのが最初に出ることで、読者に「夏の日」のイメージが与えられるじゃない。そこからこまごまと切りこんでいくわけよ、ね。では、二句目にいきましょう。

月子　私はどうしても、つくるとなると身構えてしまって、スラスラと浮かんでこないので、これまでに教わったとおり、「夏」で連想することばを思い浮かべてみます。

夕子　基本どおりね。

月子　でも、あまりに平俗すぎて、とても口に出せない。

尾崎　平俗から始めていいの、あとから平俗を切っていけばいいんだから。そんなに構えて「短歌つくろう」なんて思わなきゃいいのよ。

月子　はい、それでは……。まず「海」をイメージしました。そして、次に海から連想するものを考えました。

尾崎　海から連想したのね、どんどん挙げてみて。

月子　……「監視員」。

尾崎　監視員、ね。次は？

月子　……「遊泳禁止の赤い旗」。

尾崎　いいわよ、どんどん言って。

月子　……「浮き輪」「自転車」「ビーチサンダル」「海の家」「花火」「ビール」（笑）。
虹子　夏はやっぱりビールよね（笑）。
月子　それでなんか、物ばかりになっちゃって。こう「暑い」とか、そういう「感じ」みたいなものが出て来ないんです。
尾崎　「暑い」なんて、夏だったらそんなのはわかってるから、言わなくてもいい。この中で、使えそうだと思うのはね……、「遊泳禁止の赤い旗」ね。「ビーチサンダル」っていうのは、ちょっと「夏」と付きすぎるのよね。「夏の日」って言わなくてもビーチサンダルといえば夏でしょ。「花火」は使える。
夕子　「ビール」はどうですか？（笑）
尾崎　「ビール」はちょっとどうかな。使えないことはないけど。一句目を「夏の日に」にこだわらないで、「夏の海」って言ったっていいわね。つまり、取り除いていく部分ていうのがあるのね。例えば、「夏の日の海の家」っていったら付きすぎるでしょ。「海の家」っていったら夏ってわかるじゃない。連想にならないわけよね。そういうのは取り除いて、切っちゃえばいいわけ。「海の家」を使うんだったら、「夏の日」と言わない方法を考えなきゃ。
月子　同じことを意味することばを繰り返さないということですか。
尾崎　そう、三十一音しかないから、わざと使うときは別として、同じことは繰り返さないほうがいいのよ。それから、さっき、物にこだわりすぎてるような気がするって言っていたのは、その通りね。だからって、夏の日は暑いに違いないので「暑い」とは言わないわけよ。「夏の日」の持ってる、本質みたいなものを、自分の感性で捉える必要があるわけね。

夕子　本質というと……。

尾崎　例えば、「夏の日」から連想して、なんかない？　虹子さん。

虹子　強烈な日差しが、どこかに差してるような時に、とっても影が濃いとか。

尾崎　そうそう、あるいは野あざみの花が、もう絮実《わた》になってるとか。そういうようなことに目を転じられるといいのね。「夏！海！」っていうのは、あまりに連想が近すぎる感じ。ここは鎌倉だからいいけど（笑）。

月子　そこからして、平俗なんですよねぇ……。

尾崎　それを一歩、外すっていうのかな。もっと身の回りのことを考えたらいいわよ。たとえば、あなたは日頃バイクに乗るそうだけど、自動車の隣に止まった時に、もう気が遠くなるんじゃないかと思うほど暑かった、っていう、こんなのも歌になるわよ。

月子　え、そんなことも歌に？

尾崎　そうなのよ。実感があるから。「皮膚感覚」ってよく言うんだけど、他の人が「うん、そうよね」って共感してくれるのには、人間の皮膚感覚みたいなものがあるのよね。触覚というか。冷たいとか熱いとか、そういう感覚っていうのは、割合と人は同調しやすいもの。だから、死ぬほど暑かったっていうことを表現するのに、「バイクに乗ってて信号で止まった時、隣に止まってる車の反射熱の中に茫然といた」という状況を、歌にできたら面白いでしょ。

夕子 そんなことも歌になるんですね。

尾崎 そうよ。じゃあ、月子さん、さっき挙げたことばでちょっとつくってみて。

月子 **「夏の日に海岸線を走り行く遊泳禁止の旗がひらめく」**。

尾崎 いいけど、上下が別個になっているような気がしない？

月子 そうなんです。

尾崎 それというのはね、上下が別個っていうよりね、上と下の重さが同じなのよ。だから片方を重くするといいわね。例えばね、「遊泳禁止の旗がひらめく」の前に「粗風《あらかぜ》に」なんていうことばを入れるのよね、三句目に。

夕子 「粗風に遊泳禁止の旗がひらめく」っていうと、風がすごく強いっていう感じがしますね。

虹子 「ひらめく」っていうことばが生きてくる感じがするわ。

尾崎 ね。今度は、上の句を縮めて、軽くするの。「海岸線」を「海岸道路」にしちゃう。ちょっと余るけど。そして、こういうときは夏を消しちゃう。なぜっていうと、遊泳禁止だから夏だってわかるじゃない。「海岸道路走り行くとき」……。「とき」を入れると上下がくっつく。そして、さっき「粗風に」って言ったでしょ。この字を使うと、ちょっと砂が混じってるような感じも出るわけよ。

月子　**「海岸道路走り行くとき粗風に遊泳禁止の旗がひらめく」**。

虹子　なんか自分も風を受けたような感じ。

尾崎　「とき」を入れたことで接続するでしょ。それから上を軽くした。「夏の日に」を使うという設定があったから使ったわけだけど、逆にそれを切っちゃう。

夕子　なんかとってもいい歌ですね。

尾崎　なかなかいい感じ。「粗風に」なんてことばを入れると、今虹子さんが言ったように、自分も風のなかにいる、っていうような、皮膚感覚が出てくる。そういうものを取り入れると、実感が出るわけね、「傍観者にならない」っていう。「われ」が、いつもいる必要があるのよ。

自分の実感を詠う

月子　傍観者になっちゃうと、いけないんですね。

尾崎　いけないというよりも、実感が薄れるわね。なんで自分がそれを歌にしたかっていう、実感が大事。桜の歌を詠おうと、若葉の歌を詠おうと、自分がとらえた桜、自分を通して見た若葉になっていないと、独特のものが出てこない。百人いれば百人の感じ方の違いがあるはずだから、それを表さないと、百人が皆、同じような歌をつくることになっちゃう。「公園の桜を見にいった。満開ですごく嬉しかった」というような内容の歌だと、「あ、そうですか。よかったわね」っていうだけで終わっちゃう。誰がつくっても同じ歌になっちゃう。例えば、「海の家」は近すぎて歌にならないって言ったけど、ところが、「海の家が壊された後の空間」なんていうと、これはその人の感じたものなわけよ、ね。自分の感じ方が大事。次は夕子さん、いってみよう。なんかつくれる？

夕子　恥ずかしいんですけど……。

尾崎　いいから、いいから。言ってみて。

夕子　**「夏の日の太陽浴びていきいきと励ますように百日紅咲く」**。

尾崎　いいじゃない。初歩の歌としてはとても素直でいいです。

夕子　そうですか（笑）。

尾崎　初歩の歌って言ったら悪いけど、こういうふうに、さっという方がいいんですよ。ただ、「いきいきと励ますように」っていうのがちょっと、誰でもいいそうね。百日紅が日を浴びてるっていうのは、すごくいいと思うわね。ほかには？

夕子　**「夏の日のにぎわい消えた公園に麦わら帽子とり残されて」**。

尾崎　悪くないわよ。ただ、取り残されたのが、公園のどこだったかが浮かんでこないわね。「ベンチの上」とか言えばいい。夏の公園のベンチに、夕方、麦わら帽子が取り残されていた、だけでいい。そうすると「にぎわい消えた」っていうのがうるさいのよね。もう晩夏だなという感じを言いたいんだろうけれど、「にぎわい消えた」を、実際に見てるわけじゃなくて、頭の中で思ってるだけだから間接的で、説明になっちゃう。

夕子　でも、何となく寂しい感じを言いたくて……。

尾崎　そうね、言いたいことはよくわかる。でも、説明するより、なるべく直接的な言い方がいいのよ。

「晩夏《おそなつ》の公園に来つ木のベンチに麦わら帽子取り残されて」ぐらいにしておくと、情景がはっきりしてくるし、気持も伝わってくる。切っていくっていうのは、そういうことを言ってるの。それにしても皆さん、はじめてにしてはなかなかいいわよ。次は？

対象との距離感

夕子　はい、では……「**夏の日の谷戸の涼風《すずかぜ》ひんやりと友にやさしくわれにやさしく**」。

尾崎　これもちゃんと、五七五七七になってて結構です。ただね、涼風っていうことばは、つくりすぎ。「谷戸の風」でいいのよ。「すずかぜ」っていうとね、いつもいうように、手垢がついちゃうの。

夕子　自分でも涼風はつくりすぎかな、と思ったんですけど……。

尾崎　そう、「谷戸の風過ぐ」っていうだけでいいのよ。こういうふうにいうと、前にお話しした皮膚感覚になるのね。「ひんやりと」も皮膚感覚ではあるんだけど、擬音語を使うのは難しいの。それよりも、夏の日に自分の髪をなびかせて谷戸の風過ぐ……、と言う方が、感じがわかりやすいのね。

虹子　単純に言った方がいいんですね。

尾崎　そう、単純がいい。それからね、「友にやさしくわれにやさしく」も、ちゃんと七七になってるから、はじめはこれでいいんだけど、「友」っていうことば自体が甘ったるいのよね。

月子　「友」は甘ったるいんですか。

尾崎　そうね、「友」は甘ったるくなり易い。どうしてかって言うと、「友」じゃなきゃならない理由っていうのが案外ないのよね、大抵の場合。突き詰めていくとね、別に「友」がいなくてもいいの。つまり、ことばを埋められないから、「友にやさしく」となってしまう。

月子　そうですか…。「友」が甘いとは思いませんでした。

尾崎　もちろん、最初はこれでいいわよ。でも、ちょっと気にとめといて。さっき言った、

「谷戸の風過ぐ」を最後にもってくれば、きちんと決まった七音になるので、上になんでもつけられちゃうのよ。たとえば「髪にふれつつ谷戸の風過ぐ」……とか。「木群《こむら》がそよいだと思うと」っていうような情景を入れるとか。そういうのをもってくると距離感が出る。自分に至るまでの風の距離、ね。

虹子　歌に動きが出ますね。

尾崎　そう、「友にやさしくわれにやさしく」だと、平面的になっちゃうのね。あっちから吹いてきて、すーっと過ぎていくっていう、距離感というか、遠近感、そういうのが出ると、すごくうまくみえる。切り口っていうのはそういうものなのよ。

夕子　はい、よくわかります。

尾崎　でも、最初はこの調子でいい。いきなり上手くはならないけど、目をつけたところはとってもいいし、素直なところがすごくいいと思います。形ができてるから、今度はそこから、今言った距離感とか、皮膚感覚とか、そういうものに切り込んでいくのね。そうすると素人ばなれしてくる。

「**夏日照る木群そよぎて今われの髪にふれつつ谷戸の風過ぐ**」なんていうのがすぐできるようになると思うわよ。

夕子　ありがとうございます。

ひとつのことを歌う

尾崎　次は虹子さんね。どうぞ。たくさんありそうね。
虹子　では……**「影もなき道はてしなくつづきたり熱風のなか立ちつくすわれ」**。
尾崎　いいじゃない。
月子　暑い夏、って感じがしますね。
虹子　続きまして……(笑)、バスを降りたときの情景。
「合図して葬送の列遠ざかる合掌の人に夏の陽《ひ》つよし」。
尾崎　捉え方が面白いわね、個性があってね。
虹子　**「あじさいは夏の陽《ひ》あびてかたくなに青を守りてうなだれてあり」**。
尾崎　これはちょっとまとめすぎ。「青を守りて」はいらない(笑)。
虹子　ええ、ちょっとクサイかな、と思ってました(笑)。では、次いきます。
「生命の根源なれど太陽は地上の芥焼き尽すごと」。
尾崎　これはいわゆる概念歌っていうんだけれども、それはそれでまた面白いのね。概念歌をつくるときは、かなり切り込みがシャープでないと。みんなが思うようなことをいっても、つまらないので、もっとエキセントリックになっていいわね。でも、上手よ、いろんな角度でつくってて。

虹子　まだあります（笑）。

「傲慢といい放ちし人なつかしき赤日《せきじつ》のもと影はつくらず」。

尾崎　「傲慢と」っていうのはどういうこと？

虹子　私のことを傲慢と言った人、という意味です。

尾崎　ああ、そう、ちょっとわかりにくいわね。「いい放ちし人」っていうと、その人が傲慢、というふうに捉えられちゃう。「われに対して傲慢と言った人」という意味だったら、それがわかるようにしないと。最初にもってきたことばっていうのは、ある種のイメージをつくるのね。そこらへんが難しいので、ちょっと気をつけた方がいい。でも、夏の日でこれだけできればすごいわね。

夕子　まだありそう。

虹子　**「さんざめきちり果てしのち夕ばえのなぎさに立つはかえりがたき子」**。

尾崎　ちょっとつくりすぎかな。さんざめかなくてもいいの（笑）。ちょっと、傍観者になってるわね。帰りがたく自分がいた、とかいうんだったらいいんだけど。「かえりがたき子」っていう言い方をすると、「明星」時代みたいで甘いのよね。

虹子　支離滅裂で、なんか全然自己がないですね。

尾崎　いいえ、非常に面白いですよ。虹子さんの世界、っていうのが表現されてるわよ。虹子さんは詩もつくる人だけど、詩の世界と短歌の世界っていうのは、技法的な違いはあるけれども、切り込みは同じようなところがあるのよね。例えば北原白秋は、短歌と詩と両方つくったでしょう。短歌を、短い詩だと思って書けばいいのよ。

虹子　それが難しいんですよ。

尾崎　ポイントを教えるとね、ひとつのことを言えばいいと思ったらいい。これはね、佐藤佐太郎が言っていて、私も非常に気に入ってることばなんだけど、「俳句はふたつのことをいう。短歌はひとつのことをいえばいい」っていうことなの。

夕子　短歌の方が長いから、ふたつのことをいっていいような気がしますけど……。

尾崎　そう思うわよね。でも、そうじゃなくて、俳句には季語と、別のものと、二つ要る。でも、短歌はひとつのことを、すーっと伸ばしていく、っていうとわかるかしら。「歌う」っていうのはそういうことなのね。これは大変面白いと、私は思ってるわ。

月子　ふたつくらい入れないと、もたないような気もしちゃうんですけど……。

尾崎　よく長すぎて、五七五で言えちゃったから、残りの七七は違うことを言っちゃうという人がいるんだけど、そうじゃないのね。全体に、流れるように、一本の線が通ってる、これが短歌の、歌うっていうことなんだと思うんですよ。それから、虹子さんの「さんざめき…」の歌は、ちょっと角度を変えてつくり直したら、いい歌になると思う。パズルみたいなものでね、出来た！って一度思うともう壊せない気がするかもしれないけど、いっぺんバラバラにしちゃうといいのよ。生かせるところだけを生かして行く。例えば、「夕ばえのなぎさに立てり」なんて言い出しにしたら、すっきりした歌になると思うわよ。

虹子　先生がおっしゃると、たちまち違う歌になっちゃうみたい。

尾崎　では最初に、月子さんが「海」をイメージして挙げていたことばの中からなにか探してみましょうか。

月子　「花火」「自転車」……。

尾崎　自転車ね。「夏の日」と「自転車」はどういう関係？

月子　湘南は海岸線を自転車で行く人が多いな、と思っただけなんですけど。あまり直接の連想はつまらない、って教えていただいたので、自転車だったら、ちょっと飛んでるかな、とも思って。

尾崎　そう、飛んでていいわよ。今度はそれに具体性をつけていかなきゃ。同じ連想をするんだったら、自転車が、どういう状態にあるか、ｈｏｗ、どのように、というところまで連想するのね。例えば、自転車なんて無機質なものだから、「人のいぬ自転車広場」なんていうのも面白い。

「銀色の自転車あまた人のいぬ駅前広場昼の雨降る」とかね。

夕子　すごい、簡単にできちゃうんですね。

月子　先生、この歌の場合は、「われ」はそれを見ている、ってことになるんですか。

尾崎　そういうこと。

連想の余地を残す

月子　先生は、本当にあっという間に歌をつくられます。

尾崎　やり方はみなさんに教えてきたとおりよ（笑）。まず連想する。「夏の日」からずいぶん飛躍した連想で、それはいいわね。次に、具体的に考えていくのね。自転車が砂場のそばに倒れてる、とか、真夏の日に照らされてる駅前を横切っていった、とか、いくらだってあるじゃない。

虹子　この、雨に濡れてる自転車の歌は情感がありますね。

月子　静かな雨の中で、自転車が光ってる情景が思い浮かびます。

尾崎　そう。自転車が光ってる、それは「昼の雨」っていうことばがあるからね。

夕子　「光る」っていうことばが使われていないのに、不思議ですね。

尾崎　自転車は「赤い」のも「黒い」のもあるはずだけど、ホイールの「銀色」のイメージだけに集約しているのよ。光るイメージ。でも、「光る自転車」とか、「銀色に光る」とかいわない。直接的な「光る」ということばを使わないで連想させるの。それが削っていくってことなのよ。

虹子　「あまた」っていうことばも連想を広げますね。整然と並んでいる感じ。

月子　私は古い自転車が混ざってたり、ひっくり返ってたりするような様子を思い浮かべました。

尾崎　そう、連想はまったく人それぞれで構わない。自分が連想すると同時に、人に連想させる、そういうことを考えると、歌はつくりやすいの。自分がつくろう、ということだけじゃなくて、人に読ませよう、そういうふうに考えると、上達が早いと思うわよ。

夕子　読み手あっての歌なんですね。

尾崎　そうなのよ。読み手がないと、短歌っていうのはなりたたないのよ、実をいうと。短い詩形だから、ひとつの歌を読んだとき「あっそうだなぁ、そういえば私もそういう情景みてるわよ」と、読み手が自分の中でいろんなものをつけ加えてくれるのよ。

虹子　一〇〇パーセント、すべてを言わなくていいんですね。

尾崎　言わないで連想させる、というのがひとつのテクニックね。この場合は、「銀色の自転車あまた」で切れて、あまたがどうしたっていうことは言ってないわけよね。あまたで切っちゃった。銀色の自転車がいっぱい置いてあるんだな、というイメージだけを先において、じゃあそれはどういうところかっていうと、人が全然いない、駅前のなんとなく深閑とした広場だということを付け加えていく。その先の具体性は読み手に任せて、連想させる余地を残しているわけ。

夕子 「連想」が短歌をつくる上でのキーワードですね。

接続助詞を利用する

月子 この歌は、接続詞は使ってないですね。

尾崎 そう、この場合は接続詞はなんにもない。接続詞っていったら、どういうのだと思う? 歌じゃなくて文章で考えていいわよ。

月子 「そして」とか。

尾崎 「そして」。そうね。文章の上と下をつなげる、接続助詞というのは、わかる?

虹子 「○○したが□□だった」とか?

尾崎 そうそう、「○○しながら□□を見た」とか。「つつ」っていうのもみんなよく使うわね。

私は「つつ」は古めかしくなるからあんまり使わないけれど。

夕子　「○○したので□□だ」というのは？

尾崎　文語脈なら「しかば」とか「ゆゑ」とかって使い方するわね。口語の「ので」だと、いかにも説明っぽくなっちゃう。月子さんの夏の日の歌で、「海岸線走り行くとき」って、「とき」を使ったわね。これは名詞なんだけれども、接続詞的な使い方なのね。「時に」の意味だから。「走り行くとき何々が見ゆ」とか。接続助詞をうまく使うと、歌のまとまりがよくなるので、そのことも気にしてみてね。

虹子　「ゆけば」というときの「ば」はどうですか。

尾崎　みんなよく使う接続助詞ね。ただ、「ば」っていうのは、原因結果の理屈になり易い。それに音がきれいじゃないのね。音感としてあまりよくないので、勧めないんだけど……。

夕子　音の響きはとても大切なんですね。

尾崎　そう、何度も言ってることだけど、短歌は歌うものだから、耳ざわりのよさっていうのはすごく大事だと思うのよ。口語の「で」というのを、わりにみんな平気で使うようになったけど、たとえば与謝野鉄幹や晶子の頃、あるいは私の先生の佐藤佐太郎なんかも、ひとつも「で」なんてことば使ってないわね。「に」でだいたい大丈夫なのよ。「にて」がつまって「で」になるわけだけど、「で」っていう音はとっても耳ざわりが悪い。ことばのつなぎ目に「でェ」っていう人多いのよ、この頃。私、許せないと思ってるんだけど（笑）。

月子　気をつけなくっちゃ！（笑）

尾崎　そういう隅々まで、自分の世界、こだわりを持っていないと、あるところ以上に上達するのは難しいのよね。無神経じゃだめ。音に敏感にならないと。

虹子　音の特性に気がつくようになる、何かいい方法がありますか？

尾崎　詠みあげてみる、声に出してみるのはいいことよ。それから前に、音韻の性格について勉強したけど、詠んだ歌を平仮名で書いてみるのね。そうすると、カ行が多いからカクカクしてる、とかサ行が多くてさわやか、とか分析できる。そういうことをしてみるのもいいかもね。

Lesson 11

律調と句切れ

尾崎　今日からは「句切れ」についてみていきましょう。いずれ接続詞や助動詞について話そうと思ってるんだけど、「句切れ」を先にすると、助動詞の使い方を自然に覚えちゃうんじゃないかしら。みなさんに、歌をつくってもらおうと思ったんだけど……。

月子　えっ、急にできるか心配……。

尾崎　そう言うと思ったので（笑）、私が自分の歌を取り上げて、話してみようかなと思います。短歌には俳句の季語みたいにきまりはないわけよね。なにを歌ったっていいんですよ。ただ、五七五七七っていう調べに乗ること。私は律調と名づけて、リズムを律、メロディを調べ、というふうに考えているんだけど、昔は本当に歌っていたから、律調が大事で、緩急とか息づかいがあったのね。

虹子　「あまつかぜー」とかリズムをつけて声に出して、歌っていたんですね。

尾崎　それでね、短歌の、初句は五音だけど、リズムっていうのは周期的に反復するもの、行ったら必ず返るものだから、偶数じゃないとおかしいのね。だから、五音といっても、次の音との間に休止符が入る、って考えたらいいわね。その休止符が、意味の上でもはっきりしているのが句切れ。それで、最初の五音で切れるのが、初句切れっていうのよ。

月子　二句切れ、三句切れ、とあるんですか。

尾崎　そう、四句切れ、それから句切れなし。歌としては、句切れのない、一気に歌えるような、すーっと通ってるものの方が、気持ちがいいというか、本当の歌って感じするわね。

虹子　やっぱり歌うものなんですね。

尾崎　だけどなかなか、現代短歌になると、そういう風にすっと言えないということもあってね。でも、句切れによって、歌の「撓《しな》い方」って言ったらいいかしら、そういうのが違ってくるから、句切れを知っているといい歌がつくりやすいのよ。

月子　撓い方って、どういうことをいうのでしょうか。

尾崎　ことばのつなぎ方によって生まれる歌の「弾力」、とでもいうのかな。

星男　よく字余りっていうのがありますけど、それも句切れと関係ありますか。

尾崎　いいところに気が付いたわね。字余り、それから字足らず、どっちも関わってくる。本来は五七五七七で、きちんとそれにおさまっていれば、いちばん古格を保つんだけど。現代短歌はなんたって「五七五七七の形を持った現代詩」ですから、色々といじるわけよね。

虹子 石川啄木の「**はたらけど／はたらけど猶《なほ》わが生活《くらし》楽にならざり／ぢつと手を見る**」なんて、全然五七五七七じゃないみたいですね。

尾崎 そう、五五七七七ともとれるわね。三行書きにしてみたりね。だけど、よくみると三十一音なのよね。だからこそ私たちに、ふわっと伝わってくるものがあるじゃない？ そういう息づかい、句切れによって、すごく、現代的な感じになるわけよ。

句切れの特性を知る

尾崎 それでは、私の歌集『夕霧峠』の歌で実際に見ていってみましょう。まずは、「**愚母賢母まぎれもあらず愚母にして娘《こ》の決断におろおろとゐる**」。これはどこで切れてると思う？

月子 「愚母にして」の三句切れですか？

尾崎 何となく歌は上の句五七五と、下の句七七の間で切れてる、って思いこんでいない？「して」の「て」は接続詞で、ここは切れていないの。この歌は初句切れなんですよ。「愚母賢母」、はて、どっちかな、って考えてるわけ。そんなこと、書いてないけど、そういう「間《ま》」が入ってるから、これは初句切れなわけよ。じゃあ、次のはどうかしら。

「わが母性扱ひがたしたをたをと雪柳咲く公園行けど」。これはどう？

虹子　「わが母性」の初句切れですか？

尾崎　ちょっと見ると、前の「愚母賢母」と同じに「わが母性」で切れてるように見えるわね。だけど実際はこれ、初句切れじゃないんですね、二句切れなの。わが母性を扱ひがたし、わが母性は扱ひがたし、というように、「を」とか「は」という助詞がかくれているんです。前の歌のように、愚母賢母、はてどっちかな、っていう「間」はないのよ、ここには。助詞を取り除いた形なのね。それからもうひとつ、この歌は倒置法になっているの。

星男　普通に詠むと「たをたをと雪柳咲く公園を行けどわが母性扱ひがたし」ということですか。

尾崎　そう詠むとつまんないでしょ。倒置法っていうか、いちばん言いたいことをぱっと先に言っといて、状況を後からくっつけていくというやり方。そういうときに、二句切れっていうのは、わりあい扱いやすいんですよね。

星男　扱いやすいってどういうことですか。

尾崎　読者に気持が伝わりやすいというか。「わが母性扱ひがたし」には、ある嘆息があるでしょう。「たをたを」っていうのは「たわむ」からきてるんだけど、そういう、白い花がたおやかに咲いている公園なら、普通もっと平穏な気持でいるはずなのに、自分の中の母性というものを、自分で扱いがたい、ということを、言ってるのよね。心象を先に出しちゃってるの。
さて次は…
「**波止場といふことばも死語となりぬべし道遠ざかる雨靴赤く**」。これは「赤い靴はいてた女の子」のイメージです。どこで切れると思う?
星男　三句切れですか?
尾崎　そう。だいぶわかってきた? ただ、これは、「波止場といふ」というところが、六音で、一音字余りになってるのね。続いて、
「**青葡萄の粒それぞれに闇を抱く冬の潮騒とどきくる夜は**」。これはどう?
月子　これも三句切れですか?
尾崎　そう。そしてこれも倒置法を使っています。「冬の潮騒とどきくる夜は青葡萄の粒それぞれに暗き闇を抱く」と言えばいいんだけど、青葡萄の方に、中心を置いているのね。

リズムとハーモニーを生む句切れ

尾崎　次は、
「**ドビュッシーの『海』聴きゐたり窓ごしに冬の花火の消えし闇濃く**」。これはどう?

虹子　二句切れですか？

尾崎　そうね。これは二句切れなんだけど、代替のきくタイプの歌で、あんまりいい歌じゃないわね（笑）。

星男　代替がきくというのはどういう意味ですか？

尾崎　つまりね、「窓ごしに冬の花火の消えし闇濃く」だったら、その上にくるのは、べつに他のことでもいいわけじゃない。「ドビュッシーの『海』聴きゐたり」っていわなくったって、「アポリネールの詩を読みゐたり」……でもいいわけだし。この場合は、海というのを暗示する意味で、ドビュッシーの海って言ってるんだけど。べつにドビュッシーじゃなくて、「ベートーベンの『運命』聴きゐたり」……でもいいわけよね。そういうふうに、代替がきくっていうことは歌としてはあまりよくないのね。

星男　それは、特に二句切れのときに注意する問題なんでしょうか？

尾崎　むしろ、三句切れの場合に多いわね。連歌ってあるでしょ。五七五って歌って、誰かが七七をつける。これは、短連歌。それから、それにまたつけていって、歌仙っていう、三十六句続けるのとか、百韻といって百句続けるのとかあるけど。三人でやったり五人でやったり、両吟っていって、二人でかわるがわるにやったり。そういうことをすると、五七五と七七でつないでいくから、どうしても、上の句と下の句で、上は上、下は下に分かれやすいのね。上は上で独立して、下は下で、他のものを持ってきてもくっついちゃう、ってことがよくある。だから、三句切れっていうのは、非常に注意しないと難しいんですよ。そこをどうやって、接続詞とかでつないでいくかっていうのがテクニックね。次は四句切れね。

「**シャガールの絵の花嫁は抱かれて空翔びゆかん夜《よ》の星浄く**」。

虹子　これは四句切れなんですか。

尾崎　四句切れも、二句切れと同じで、つくりやすいんですけど、言いたいことが四句で済んじゃうと、五句だけが余ってしまって、そこに思いついたこと何でもいれちゃうっていう場合が、よくあるのよね。困って何かくっつけて、蛇足になることが、わりあいと多いので注意ね。そういう意味で、二句切れと四句切れっていうのは、つくりやすいわりには、欠点もまた目立ちやすい。さて、次の歌は、

「**吹かれゐる彗星の尾の悽愴も遠く朧ろに見ればはかなし**」。これはわかる？

月子　ええっと……。

尾崎　これは、句切れはないんですよね。入れ替えもできないわよね。こういうのが、句切れのない場合の例です。初句切れ、二句切れ、三句切れ、四句切れ、句切れなしと、一通りお話をしたけど、何か質問あるかしら？

虹子　歌をつくる時に、どこで切ろうというのを考えてからつくるんですか？

尾崎　できちゃってからでいいのよ。

虹子　できちゃってから、これは初句切れだったとか、わかるんですか？

尾崎　うまくいってればそれでもいいし、できた歌をみて、だらだらしてるから、ここでちょっと切って、最初にこっちを出してみようとか、そういうふうに、つくり直してもいいのよ。

月子　たとえば、私たちがつくるとしたら、今まで教えていただいたやり方で、まず連想して、ことばを挙げて並べて（笑）、その段階で、いじってみる、っていう感じですか？

尾崎　いじってみたらいいですね。入れ替えたりしてね。五七五七七でつくることはもうできると思うのよ。今度はそれを、どこで切るか、句切れを多少考えながら律と調べに乗せていく、要するに、リズムとハーモニーのようなものかしら。音楽と同じなのよ、短歌って。そういうリズムみたいなものが歌に出てくると、ただことばで遊んで五七五七七にすることから、一歩進んでいい歌になってくるのよ。音の緩急とか、休止符とか、そういう感覚を取り入れていくと、非常にわかりやすいと思うわよ。

Lesson 12

たおやかにつながる

虹子　初句切れとか二句切れ、っていう句切れは、意味で区切ってるんですか？　それとも調べとか、リズムで区切ってるんですか？

尾崎　意味ばかりではないわね。たとえば、最初に「**愚母賢母まぎれもあらず愚母にして娘の決断におろおろとゐる**」という歌で初句切れをみたけれど、この場合は「愚母賢母」、はてどっちかな、っていう間が入ってるって言ったでしょ。だからそういう、呼吸の切れ目というか、間が入るようなところというか、そんなところで切れてるのね。それから終止形で切れてるっていうように、文法上で切れるってこともあるわね。

月子　ある人が「これは二句切れです」って言うものを、別の人はそうは思わない、っていうこともありうるんですか？

尾崎　ないことはないと思いますけれども、大体はっきりわかるわね。お手元の私の歌集『夕霧峠』の中で、なにかそういうわかりにくい歌があるかしら？

虹子　「**吹かれゐる彗星の尾の悽愴も遠く朧ろに見ればはかなし**」の歌は、「句切れなし」と教えていただいたので、ああそうなんだと思いますけれども、教えていただかなかったら、三句切れだと思ってしまいそう。

尾崎　息つぎのように詠めば、三句切れのような感じがあると思う。だけど、そういうのは三句切れって言わないの。たとえば、「吹かれゐる彗星の尾の悽愴ぞ」とか、「悽愴か」というように「ぞ」とか「か」とか、そういうことばが入っていれば、三句切れになるわね。でもこの場合は「も」という接続詞が入ってるから三句で切れてないのよ。だからやっぱり、意味だけで切れるというわけではないいってことだわね。

星男　たくさん歌を詠まないとだめですね。

尾崎　そうね。しだいにわかるようになるわよ。前回もちょっと言ったけど、句切れのない方が本当なのよ。私は、句切れなしを目指してるようなところがあってね。それも、たおやかな、ゆらぎたってくるような感じでつながってるのが、一番いい歌だと思うのね。たとえば、斎藤茂吉に、

「**みちのくをふたわけざまにそびえたまふ蔵王の山の雲の中に立つ**」っていう歌があるけど、何かこう、まっすぐ上から下までドーンと貫かれてるわけね。「みちのくをふたわけざまに」

なんて、普通の人言えないのよ（笑）。スケールが大きいわね。

虹子　男性の歌、という感じがしますね。

尾崎　そうね、おおらかだし、これはやはり句切れがないからいっそういいわけ。一方で、女性的な歌、というのもあるわね。小野小町の歌に

「いとせめて恋しき時はむばたまの夜の衣を返してぞ着る」っていうのがあるの。いとせめて恋しき時は……なんていうと、ちょっと現代的よね。だけど、当時の「せめて」っていうのは、「切迫して」っていうような意味だから、ほんとに恋しくて恋しくてたまらないときには、っていうこと。昔は夜着を裏に返して寝ると、夢の中で恋しい人と会えるっていう伝説があって、みんな信じてたわけね。だから、せめて夢の中で会おうと思って、夜着を裏返して着るんですよ、と詠ってるわけ。「むばたまの」は「夜」の枕詞ね。これは句切れがないの。ゆらっとゆらぎたつような感じがあるでしょう。

星男　斎藤茂吉の歌も、小野小町の歌も、すーっと自分の中に入ってくるような感じがありますね。

尾崎　そうなのよ。だから、理想としては、句切れなしの歌がいちばんいいと思ってるんだけど。現代人はなかなかそんなふうに歌い上げられないわね。それでいろんな切り方を考えるわけだけど……。『夕霧峠』で、もうちょっと見てみましょうか。

「句またがり」が生むリズム

尾崎　**「濡るるといふ程もなき雨の街角に薔薇の模様の傘を買ひたり」**。なんということもない歌なんだけど。これは「句またがり」なんですよ。はっきりと五と七と五に分かれていない。ことばの意味が両方にまたがってる。どこが句またがりかわかる？

月子　初句の「濡るるといふ」は六音になってますね。

虹子　二句の「程もなき雨の」は八音ですね。

尾崎　でも普通に読むと、「濡るるといふ程もなき」と「雨の街角に」となるでしょう。だから句をまたがってるわけ。

星男　下の句は「薔薇の模様の傘を買ひたり」で、普通に七七なんですね。

尾崎　下の句を七七できちんとすればね、上の三句は、かなり乱れてもおさまってみえる、ということを覚えておいたらいいわね。

月子　でも六音、八音、そして句またがりになっているのに、自然に聞こえますね。

尾崎　それはね、「いふ程もなき」っていうのが、七音なのよね。六と八の中に、七音が隠れてるようなところがあるのよ。そうするとあんまり、気にならずに読めちゃう。なんとなく頭の中で、七音が生きちゃうようなところがあって。「隠れ韻律」があると耳にさわらないのね。

虹子　先生は意識してこういうふうにつくられるんですか?

尾崎　そうじゃないんだけど、歌をいじったり、直しているあいだに、自然にこういうのが出てくることがありますね。私の歌は絶対的に定型律だと人には思われてるんだけど、実はこういうのがいっぱいあるのよ。句またがりとか字余りとか、そういうのを感じさせないで、韻律がきちんとしていると思わせるのもひとつの技術なんですよ。私はリズムをとっても大切に考えてるから、いろんな工夫をしてみるわけだけどね。じゃあ次にいきましょう。

「混沌として夏の靄立つ街の記憶に遠き小時計店」、これはどう?

星男　これも句またがりですか……。詠んでみると、全然ひっかからないですけど。

尾崎　「混沌として」が、第一の句またがり。上の句の、五七五が、「混沌と　して夏の靄　立つ街の」で、ちゃんと五七五で十七文字になってるでしょう。でも、各句にまたがっちゃってるのよね。しかもそれが、下の句にかかってて「街の記憶に」と続いて、また句またがり。だけど、「記憶に遠き　小時計店」が七七だから形になってる。けっこうひどい句またがりをしてるわけ。

虹子　なんか、だまし絵みたい。

尾崎　ことばのだまし絵、そうなの。読む人には、「小さな時計店が記憶の中に残ってるよ」

ということだけが伝わるんだけど、実はけっこうだまし絵的なのね。で、そのあとが、次の歌。
月子　**「時計店あとかたもなき街行けり時計も時も漂ひをらん」**ですね。
尾崎　これは、三句切れなんですよ。でも、この三句切れの場合は、下に別のものをつけられるかっていうと、前の歌があるので、代替がきかない。時計屋さんがなくなったっていうことが、前の歌をうけて二重にわかってるから、「時計も時も漂ひをらん」っていうと、なんか、街の絵の中に、古い時計が音もなく漂ってるような感じ、っていうのが、きちんと出てくるでしょう。
星男　この歌は句またがりが、まったくありませんね。
尾崎　この場合は、前の歌との二首とでまとまって、ひとつのものをつくり出してるから、あとの歌はきちんと定型にしている。人が読んで、どっちの歌が残るかっていうと、あとの方が残るのよ。前のはお膳立てなのよ。
虹子　でもこの一首だけでも自立できません？
尾崎　まあ、一応そうなんですけどね。
月子　この、「時計も時も」っていうのは、面白いですね。
尾崎　面白い？　そうね、初句で「時計店」と言って、そのあとまた「時計」「時」とはなかなか言えないのよ。重なった、鈍い感じが出ちゃうのね。ところが、前の一首があるために、こういうことができる。この一首でも確かに独立性はあるんだけど、前の歌があるから、あと

の歌が、なおはっきりするっていうことなのよね。では、次、

「海よかく生き来しわれに萌し来る涙のごときもの何ならん」。

星男　これは……「海よ」で切れてるんですか？

尾崎　そうなのよ、これも句またがりなんだけど、初句切れじゃなくて、初句の中でいちばん上を切ってるの。「海よ」っていう呼びかけを、先に出して、三音で切っちゃった。昔はなかった形よね、こういう切り方って。初句切れでも、二句切れでも、三句切れでも、四句切れでもなくて、最初の出だしが切れてるという……それだけ、「海よ」っていう呼びかけが強いということになるのね。こういうことは、二度三度とは、できない技法なんですけどね。じゃあ、もうちょっと、具体的に歌をみながらやっていきましょう。

隠れた助詞を見つける

尾崎　**「充足のいかなる象《かたち》春葱は茎やはやはとわが手に余る」**。これは何句切れ？

星男　三句切れ……あれ？　二句切れかな。

尾崎　「春葱は」から下は、ちゃんとことばになってるのよ。だから、「いかなる象」で切れてるの。なぜかっていうと、「いかなる象であろうか」って言ってるのが省略されてるわけだけ

ど、「いかなる象か」とか、「いかなる象ぞ」っていうことだから、「象」で切れてる。で、これは完全な定型ですね。

月子　難しいですねえ（笑）。

尾崎　難しい？　要するに、形で見た方がいいかもしれないわね。気持ではなくて、形で。普通の文章と短歌の違う点は、助詞が隠れているということがひとつあるのよ。たとえば、「は」とか「が」、「も」というような、下に続くようなものが隠れてる場合、これは切れてないわけよ。ところが、「いかなる象か」とか、「いかなる象なんだろう」というと、そこで切れてるというのがわかる。「春葱は」は、「は」がちゃんとついていて、これは下に続くから切れてるわけではない。じゃ、次の歌はどうでしょう。

「**桜前線来たりまた去る日々《にちにち》に心耐へ耐へて三月終る**」。そんなに深刻に考えることない（笑）。

虹子　「桜前線来たり」は「桜前線が来たり」ですよね。だからここはつながってるし……。

尾崎　これはね、どこも切れてないのよね（笑）。だから、名詞だから切れてるってわけじゃないのよね。

星男　隠れてることばをみつけられるようになればいいんですか。

尾崎　そうね、それがわかると、ここで切れてるな、ってすぐわかるようになるんだけど。

「**この夏は逝く人多しわがめぐり光る魚群の過ぎ行くに似て**」。これは何句切れでしょう?

月子 えーっと……。

尾崎 ことばで切れてればいいのよ。終止形とか、助動詞とか。

虹子 「この夏は逝く人多し」で切れますか?

尾崎 そう、そこで切れてる。多しっていうのは、終止形です。「わがめぐり」は、「わがめぐりに」の「に」が省略されてるから切れてないのね。

月子 難しい!(笑)。

尾崎 句切れとか句またがりは、短歌の息づかいを、あまり流れに乗せすぎない効果があるわけね。ところどころで水の流れを止めていくような感じ。そういうのを知ってて、ここで切ってみようとか、ここはつなげてみようとかやってみると、それだけですごくうまく見えちゃうのよね(笑)。それを先に教えようってわけなので、最初は難しいかもしれないけど。すぐにわかるようになるし、わかってくると、楽しいわよ。

星男 わかるようになるまでは、ずいぶんたくさん歌を詠まないと(笑)。

尾崎 まぁ、焦らないで(笑)。そんなにややこしく考えないで、なんとなくわかればいいの、だんだん自分の身についてくるから。こんなことを最初に教えることは滅多にないんだけど。結構高級な技術なのよ(笑)。

歌のトリミング

尾崎　なぜ、「句切れ」を考えるのかというと、歌をつくるための素材っていうのはどこにでもあるんですよ。誰が見たって同じような素材があるんだけど、それをどういう風に切りとって、どこに自分の言いたいことの中心を置いて、緩急をつけていくか、っていう、歌をつくるうえでのいろいろな工夫があるわけよ。ことばの並べ方ね。そういう時に、「句切れ」がうまく使えると結構いい歌になっちゃうわけ。同じ素材でも、表現法でどうにでもなっちゃうようなところがあるの。それが短歌の「技術」なのよ。

虹子　先生に教えていただいたことを振り返ってみて、なんとなく短歌の息づかいとか、リズムっていうものがわかったような気がしました。

尾崎　じゃあ、しっかり身につけるために、具体的な例をもう一度復習しておきましょう。『夕霧峠』で見てきたけれど、もう一度聞くわね。そうね、この歌は？

「**シャガールの絵の花嫁は抱かれて空翔びゆかん夜の星浄く**」。

星男　はい、空翔びゆかん、の四句切れですね。

尾崎　そうね。では次の歌は？

「吹かれゐる彗星の尾の悽愴も遠く朧ろに見ればはかなし」。

月子　これは、ええっと、句切れがないですね？

尾崎　そう、句切れもないし、入れ替えもできない。

星男　句切れのない歌でも、先生はことばの順番をいろいろ並べ替えてつくられるんですか？

尾崎　私の場合は頭の中でやっちゃうわね。トリミングって言いますけど、写真と一緒ね。カメラのレンズを覗くときって、大体自分でトリミングしてるじゃない。どこを中心に持ってくるとか、この背景はいらない、とか。歌もそう。ある素材を、これ歌にならないかしら？って思ったら、中心をどこへ持っていこう、もうちょっとピントが上かな、とか下かな、とかやってるの。写真と同じことなのよ。それともうひとつは、音楽的な調べ、リズム……っていうのが大事。例えば、文章を書くときでも、自分がのってる時ってない？　自分のリズムで、ことばをひっくり返したり、ぴっと切ってみたり、センテンスが長すぎるから「。」をつけてみたり。そういうことやってみるでしょう？　それと同じことなのよ。

虹子　文章を例にしていただくと、確かにわかるような気がします。

尾崎　それを、形式的にはこうなのよ、って言っているだけで、こういう風にしなければならないとか、こういうことを知らないとできない、とか、そういうことじゃないのよ。

月子　初心者にはすごく高級な技術のように感じますけど……。

尾崎　そうね、高級ではあるわ（笑）。高級ではあるけれど、トリミングの方法として、ことばの切り方、っていうのはとても大事だし、息づかいも大事だから、覚えておいて損はない（笑）。でも、物を書くときも、写真を撮るときも、絵を描く時も同じ。そのうち、頭で考えてやるのではなくて、身についてくるから。本当はやってるうちに身につくことを、先に技術として教えちゃってるわけよ。普段から敏感になっていれば、進歩もぐっと早くなるし。

月子　短歌でいうトリミングっていうのは、具体的にはどういうことなのでしょうか。

尾崎　たとえば、色の問題。「白い花」といいたいときに、初歩のうちは「緑の中の白い花」って言いたがるのよね。「緑」がきて、「白」がくると、緑に中心があるんだか、白が中心なのかわかんないのよね。

虹子　緑をもってくると、白が引き立つような気がしてしまいますけど。

尾崎　その引き立たせ方なのよね。たとえば、白い花が咲いている、それが五月っていうことがわかれば、白い花の周りには緑があふれているんだという共通の認識がない？

星男　そうですね、五月といえば新緑がまぶしい季節、とまず浮かびます。

尾崎　ね、それをわざわざ、「緑の中の白」って言うと、白が引き立つどころか、台無しになっちゃうわけ。「緑」と「白」、ふたつが同じ強さになっちゃだめ。「若葉」と「白い花」というのがあったら、どちらかを言えばいい。以前にお話ししたけど、俳句にはふたつのことがいるけど、短歌はひとつのことをいえばいい、って言ったのはそのことなのよ。「若葉の輝き」が美しいと思ったならそこに中心を置く。「白い花」に非常に感激したのだったら、その白い輝きに中心を置く。それもさっき言った、写真と同じ。緑と白の対比がいい、なんて思うと、どうしても焦点がふたつになっちゃう。

月子　印象を絞っていく、っていうのは、本当に写真みたいですね。

尾崎　そう、そういうのを覚えておくと、歌のトリミングができるようになるから。知っているとずっといい歌ができますよ。

Lesson 13 題を決める

尾崎　さあ、いよいよ実作しましょう。なにしろ、つくらないことには始まらないんだから（笑）。

一同　はい、よろしくお願いします。

尾崎　では、何にしましょうか？　月子さん、何つくる？

月子　それなんです、何をつくるかが問題で……。どこから始めればいいのか、いつもわからなくなってしまうんです。

尾崎　じゃあ、きっかけを考えましょう。こういう時には「題」をつけるのもいいのよ。題詠っていうと、今はその題を入れなきゃならないような風潮があるけど、ひとつのきっかけだと思えばいいの。まずは、なんかことばを……短いものを挙げてみて。そこから連想していきましょう。ごく日常にあるもの、単純なものの方がつくりやすいわね。

月子　「夏休み」っていうのはどうでしょう。

尾崎　「夏休み」ね……、あまり詩的じゃないわね（笑）。それだったら「夏」の方がいい。
星男　「道」はどうですか。
尾崎　「道」、いいわね。こういうのが広くイメージをふくらますことができていい。
夕子　「風」は？
尾崎　「風」ね、つくりやすいかもしれないわね。もう少しユニークなものは出てこないかな？
月子　ここにある観葉植物の、くるくる丸まってる「蔓」なんか……（笑）。
尾崎　「蔓」ねぇ（笑）。目の前のビルの「煉瓦」とか。こんなところでつくってみましょうか。どれを使ってもいいわよ。
星男　この中から何かひとつを選んでつくればいいんですか？
尾崎　ひとつでもいいし、全部入れてもいい。たとえば、「夏の道ゆけば風あり」……と始まって、その先に海が入ってきても、草の蔓が入ってきてもいいし、自由にイメージを広げてみて。何か動詞がひとつぐらいほしいわね。例えば、「歩く」とか。まずはフレーズを二つくらいつくってみて。
月子　どこから歌にすればいいんだろうっていうところで、もうわからなくなっちゃう……。
尾崎　あせらない、あせらない。肩の力、抜いて。
星男　ふつうのことばでいいんでしたよね。

連想を広げる

尾崎　たとえば、この題から何か連想することはある？

月子　夏が近いから髪を切りに行こう……というようなことをなんとなく考えたんですけど。

尾崎　いいわよ。髪を切りに行こう、いいじゃない。それから？

月子　あとは、夏が来る前に、カレンダーに予定を書いてみる……とか。

尾崎　いいじゃない。じゃあ、その二つでつくってみましょう。夏が近いから髪を切りに行こう、そう思った時にあなたはどこにいた？　想定でいいのよ。まず自分の位置というのを考えてみて。

月子　そうですね、日が照ってきた路上……ですね。

尾崎　「日が照ってきた路上」っていうのは、これでまた別の歌ができそうね。夏が近いので髪を切りに行こうかなぁって、ふいに思ったんでしょうね。いつも思ってるんじゃなくて、ふと思った。そうすると、日の照った路上でもいいけど、この場所じゃなくても歌ができちゃう。むしろちょっとうるさいかもしれない。それよりも、たとえば、机に向かって仕事していて、ふと窓の外を見た時に思ったとか、そういうふうなのがいいかもね。

月子　ああ、想像でいいんですね。実際は、梅雨の合間にちょっと日が差したから、あぁもう夏になるなって感じて、髪を切りに行こうかな、って思ったんですけど。

尾崎　その感じが出れば一層いいわね。でも、路上じゃない方がいいかもしれない。「窓の外の梅雨曇りから日が差した時」というぐらいにしておきましょう。「夏が近いのね」は、説明になるからやめておく。その通りに言えばいいのよ。

「梅雨曇りの窓より光差すときに髪を切ろうとふいに思いぬ」。これでできちゃった。そうでしょ？

星男　本当だ。すごい（笑）。

尾崎　できちゃうでしょ。これでいいのよ。べつに私が無理やりうまくつくるわけじゃなくて、月子さんの言った通りよ。

夕子　でも「路上」より「窓」からって言った方が、距離感みたいなものが出ますね。

尾崎　そうね、路上だと少し細かく言いすぎてる感じがある。「梅雨曇りの窓より」……って言うと、窓の内側にいる自分の位置がはっきりするのね。それと「夏が来たから」という意味合いもこの中に入ってるわけ。

夕子　月子さんが言ってた気持にぴったりですね。

尾崎　そう。伝えたい気持の部分がどこにあるか、ってことね。実際には路上にいたのかもしれないけど窓って言った方が実感を伝えられるのね。「日の照る路上」っていうのも、いいことばだから、また別につくってみて（笑）。もうひとつはカレンダーね。「まだ夏の来る前にカレンダーに予定を書きこもうかな」……ってことよね。

月子　小学生みたいですね（笑）。

尾崎　小学生みたいだけど、いいのよ（笑）。まだ空白のカレンダーよね。予定を書きこもうかなっていうのを生かしたいわね。

月子　まだ夏の来ぬ空白の……。

尾崎　いいじゃない、

「まだ夏の来ぬ空白のカレンダー心に予定書きこんでいる」。こういうわけじゃない？

月子　はい、その通りです。

尾崎　いいわね、なかなか（笑）。

星男　口語でできちゃうんですね。

尾崎　そう。口語を生かしたらいいのよ。髪を切るのも、カレンダーも、どっちもちゃんと歌になる。かなり切り取りをわかってきてる感じがするわよ。

月子　そうですか？　こんなことが歌になるのかなぁ……って思っちゃうんですけど。

尾崎　日常だって言ったでしょ。両方ともなかなかいい歌よ。次は夕子さんやってみよう。なんでもいいわよ、歌になりそう、って思ったら、そのことばを核にして考えていけばいいから。

夕子　では……、最近よく遠くの花火、遠花火が見えるんですけど。時によると、星も出ていて、そんな情景は歌になりますか?

尾崎　なるほどね。遠花火とお星さま、両方だとちょっとうるさくなっちゃうわね。ひとつのことを言う方がいいのよ。

夕子　あぁ、そうでした。ひとつのことですね。

「われ」はどこにいる

尾崎　じゃあ、遠花火でやってみよう。まず「われ」はどこにいるのかっていうことから考えましょう。「遠花火」っていうことは、花火から遠いところ、っていうのはもうわかってるわけよね。それが「われ」の位置になるのよ。

星男　自分がどこにいるか、っていうのをはっきりさせるのが大事なんですね。

尾崎　そうよ、だって歌は必ず、「われ」を通してものを見てるわけだから。たとえばさっきのカレンダーの歌では、「われ」はどこにいる?

月子　カレンダーの前ですね。

尾崎　そう、それから「心に予定を書いている」っていう意味では、「われ」は心の中にいるわけね。そういう意味の位置でもいいのよ。心にいてもいいし、頭にいてもいいし、後ろ向いていてもいい。だけど、自分がどこにいるか、っていうのがわからないと、読む人はついていきにくい。だから自分の位置っていうのはとっても大事なわけね。

星男　わかりました。

尾崎　夕子さんは外で遠花火を見てるの？　それとも家の中？

夕子　家の窓からです。

尾崎　それで花火はどのくらい遠く？

夕子　港の花火なんですけど……。音がするかしないか、っていうくらいの距離です。

尾崎　音はしないことにしよう（笑）。そうすると……「音なき花火わが窓に見ゆ」、これで下の句ができた。

星男　音なき花火っていうと、遠いなぁ、っていう感じがでますね。

尾崎　でしょ？　じゃあ、今度は上の句ね。時間はいつ頃？

夕子　夜、まだそんなに遅くない時間です。

尾崎　状況は、どんな感じかな。ひとり？　ご主人様と一緒？

夕子　そんな早い時間に主人はまだ帰ってきていないので……（笑）、ひとりです。

尾崎　じゃあ……、更けていくひとりの時間…次々に…こんな感じね。次々に、っていうのを入れると、時間の長さがある程度出るでしょ？　そうすると、瞬間じゃなくて、ずーっと見てるって感じが出るわね。

「**更けていくひとりの時間次々に音なき花火わが窓に見ゆ**」。

月子　素晴らしい！

尾崎　いい歌じゃない？　こうやってつくっていくの。下の句からつくっても大丈夫だっていうの、わかったでしょ？

夕子　状況を言っただけなのに、あっという間に歌になってしまって不思議です。

尾崎　月子さんも夕子さんも切り取りはわかっているのよ。遠花火に目がいく、っていうのはちゃんと切り取りになってるわけ。でもお星さまと重なってみえるというのは見すぎ。焦点はひとつに絞ること。

Lesson 14

体感を生かす

尾崎　さあ、今回も実作をしていきましょうか。まず、題を挙げていきましょう。ちょっと広がりのあることばの方がいいわね。今日は前回お休みの虹子さんがご一緒だけど、何かない？

虹子　今、外を車が通りましたけど、「音」はどうでしょうか。

尾崎　そうね、広がりがあっていいわね。ほかには？

星男　「星」なんかはどうですか。

月子　難しそう……。

夕子　でも、具体的にも感覚的にもとらえられそうですね。

尾崎　下手すると甘ったるくなっちゃうので、難しいんだけど、そうね、いろんな自由がきくからやってみましょうか。星月夜とか、今の季節なら北斗七星とか、オリオンだとか、そういう具体的な星座を入れてもいいわけだし。じゃあ、「音」と「星」でやってみましょう。題と言っても直接に入れなくてもいいし、連想を広げて、題から飛びだしてもかまわないわよ。

虹子　題にしたことばが入ってなくてもいいんですよね。

尾崎　もちろん素材にしてもいいし、自由に考えて消しちゃってもかまわない。例えば星が、月や夜になっても、反転して昼間の歌をつくってもいい。とっかかりとして題をおきましょう、ということなんだから。

月子　題を何にしようと考えるときは、思いつきでもいいんですか。

尾崎　思いつきでもいいけど、本質に戻る必要があるわね。例えば「机」という題にすると具体的すぎてしまって、狭くなる。だけど、こう考えてみて。机は何でできてる？

月子　木です。

尾崎　そう。「木」を題にすれば、ものすごく広がりがあるじゃない。木の温かさとか豊かさを表現したり、「木立」「樹齢」なんていうことばも引き出される。「机」からだとそこまで連想を広げるのはちょっと難しいでしょう。

夕子　はい、「木」の方がイメージがふくらみます。

尾崎　私なんて、木の魂という意味で、「樹霊」なんていうことばをつくって時々使ったりもしてるけど。それから、材木屋さんの前を通ったら材木の匂いがしたとか、杉の匂いから雨を連想したりとか、いろいろと世界が広がっていくでしょう。

虹子　では、「川」と言うよりも、「水」の方がいいということですか。

尾崎　川もいいけれど、水に戻せば、海の水、水道の水、それから泉とか、いろいろとあるから、連想は広がりやすいわね。

星男　でも、誰でもが思いつくような連想しか浮かびそうにないですけど。

尾崎　そこで、がくっと落ちる連想とか、ぽんっと飛ぶ連想とかが出来ると面白いわね。たとえば「川」から「水」、「水」から「水瓶座」と連想すると、いきなり星の話になっちゃう、そういう飛び方もあるわけよ。それから、海の水を連想して、そこから波が揺れている感じを歌うとか、そういう方向でもいい。連想するうえでは、その人が体で感じたものを表現するということがとても大事なことなのよ。

月子　頭で考えるのではないということですか。

尾崎　そう、「体感する」ということが一番大事なの。頭で受けるんじゃなくて、自分が実際に受けた感じ、体でガッと感じるような、そういうものがあると、わりあいと人に伝わりやすいわね。さあ、それでは、「音」と「星」でつくってみましょう。

月子　「音」でつくってみたんですけど……。まだちゃんとできてはいないんですけど。

尾崎　できてるとこだけでいいわよ。手伝ってあげるから。

月子　はい。では……、

「**深夜の帰宅ドアを開いた暗闇に猫の声のみに迎えられる**」。

尾崎　題材として、切り取りはとてもいいわね。

月子　題の「音」は猫の声なんですけど、電気が消えていて暗いので姿は見えないんです。声だけが、帰ってきた私の耳に届くっていう情景を伝えたいんですが……。

尾崎　「猫の声のみ」というところに中心を置くわけね。だとすれば、もう少しそこを強めてもいい。

月子　下の句をどうまとめたらいいかがわからなくなっちゃって。

尾崎　「暗闇に迎えられる」というのは、文法的に言うとちょっとおかしいのよね。受身だし。あと、「に」の重なりが少し気になるかしらね。猫の声そのものに重点をもっとかけて、「猫の甘ゆる声が近づく」なんてどうかしら。そうすると、「のみ」は生きてこないんだけど。

月子　でも、伝えたい雰囲気はその通りです。

尾崎　迎えられるというよりも、猫が向こうから甘えた声を出して近づいてくるという方が、ずっと実感がこまやかになるわね。

「**深夜の帰宅ドアを開いた暗闇に猫の甘ゆる声が近づく**」とか。

虹子　何となく情景が目に浮かびますね。

夕子　共感できるわ。

尾崎　そうでしょう。難しいことばを使う必要は一切ないのよ。自分でつくってみるとわかってくるでしょう。

月子　少し、つくり方がわかってきた気がします（笑）。

場所と時、われの確認

月子　もうひとつ、「音」からの連想で歌にしてみたい情景があるんです。森に囲まれた神社で和太鼓の奉納を聴いたんですけど、ものすごく感動して、それを何とか歌に詠めないかと思っているのですが……。

尾崎　その和太鼓を聴いた時の感じというのは、どうだった？

月子　すがすがしくて、音の力強さを感じました。

尾崎　あなたはどこにいたの？

月子　太鼓のそばです。至近距離に。

尾崎　そうすると、ほとんどその音を体全体で受け止めてるわけでしょう。

月子　あぁ、そういう表現をするんですね！　森があって、太鼓があって、すがすがしく感じる音がしただけじゃ、歌にできないなぁ、と思ったんです。

尾崎　そんなことない。歌になるわよ。だけど、その時に本当に感じたのは何だったか、位置はどこだったかというのをもう少し詰めていってみて。自分の位置のこと、さっきお話したでしょ？「太鼓のそば」にいたということは、和太鼓の音の波、あるいは音のつぶてのようなものが自分にまっすぐぶつかってくる、あるいは体ごと打たれてるような感じでしょう？　そういう捉え方でいけばいいのよ。
月子　なるほど。
尾崎　体感が大事というお話をしたと思うけど、「すがすがしい」というのは体感というよりも頭で感じてるのよね。時間はいつ？
月子　昼間です。
尾崎　時のこともさっき言ったじゃない？　ね、こうやってひとつひとつチェックするわけよ。場所は？
月子　森の中の神社です。
尾崎　「神の杜の」と言うと、神社だってわかるでしょ。「神の杜の和太鼓の音」ね。その音がお腹に響くほど大きかったのなら、「わが腹を打つ」。女性なら「肌を打つ」の方がいいかな（笑）。あとは時を入れて。
月子　「神の杜の和太鼓の音　わが肌を打つ昼間にして」という感じですね。

尾崎　ほら、できたじゃない。
「神の杜の和太鼓の音直接にわが肌打《はだえう》つ真昼間にして」で調子が整った。

月子　このとおりの感じでした！

尾崎　体感ということ、それから場所、時、われの位置というものをまず確認する。そうすると、一番言いたいことがはっきりしてくるでしょう。いらないことはなるべく言わないのよ。たとえば、よくありがちなんだけど、「秋の祭りに」なんて言ってしまうと、「直接にわが肌打つ」っていう表現が結構強力だから、ずれを感じてしまうのね。「真昼間にして」っていう、さらりと流す感じでちょうどいい。

星男　昼間だということはさほど重要ではないんですね。

尾崎　このときは「音」が中心ということなのよ。昼間であるということだけ言って、すっと流しちゃう。そういう隙間をつくっておいた方が、音がドンっときた感じっていうが生きるわけ。

虹子　強弱をつけていくんですね。

尾崎　そう。それから、夜だったら、「かがり火越えて」とするとか。そうすると、「夜の」とあえて言わなくても、「かがり火」っていったら夜ってわかるでしょう。「わが肌打つかがり火越えて」と言ったら、夜祭りなんだなあって一瞬で状況がわかる。

「神の杜の和太鼓の音直接にわが肌《はだえ》打つかがり火越えて」。

月子 なんか、夜の方が雰囲気がでますね（笑）。

尾崎 だったら夜にしてしまえばいいのよ。夜の方がいい歌になると思ったら、そういうところは創作してかまわない。必ずしも見た事実を言わなければならないのではなくて、詩的真実というのは事実とちょっと違うということなのよ。それともうひとつ、前も少し話したけど、一〇〇パーセント言ってしまわない、ということよね。八〇パーセントでやめといて、残りの二〇パーセントは読者の方に預けちゃっていいの。参加しやすくする隙間をつくっておくっていうのも、技術なのよ。ある意味では、短歌というのは「共感と余韻の文学」なのよね。他の人がその歌を読んで、「ああ私もそうだったわ」と思ったり、「ああ、こういう風な言い方ができるのね」と共感することになる。

率直な視線

尾崎 次は夕子さんいきましょうか。

夕子 まだきちんと歌にはなっていなくて、気持の段階なんですけど……。「音」の題で考えてみました。早々と咲き始めた水仙に、夜来の雨がすごい激しくて、なんとか避けて通ってよ、という気持（笑）。
尾崎　あなたは家で雨音を聞いているのね。
夕子　雨音がだんだん近づいてくるのを聞きながら、心配で何とかさっさと雨が通ってほしいと思っているんです。
尾崎　素直な感じ方でいいわよ。「夜来の雨」というのは夜からずっと降ってる雨のことね。そのまま歌にしてみましょう。まず、上の句はどうなる？
夕子　「早ばやと咲きはじめたる水仙に」でしょうか。
尾崎　そうそう、その調子。
夕子　「夜来の雨激しくて」……、だと下の句がまとまらないですね（笑）。
尾崎　たとえば、「夜の驟雨」ということばを使って、「夜の驟雨早く通れよ」とか、逆に雨の激しさに重点を置いて、「夜来の雨よ激しからざれ」とするとか。
夕子　**「早ばやと咲きはじめたる水仙に夜来の雨よ激しからざれ」**ですか。
尾崎　そうね。ちょっと、上の句が説明的な気がするわね。少し言い方を変えてみたらどうかしら。
夕子　「初冬《はつふゆ》にすでに咲きたる水仙に」とか……。
尾崎　いいじゃない。それから今度は、下の句にもあまり祈りをこめないで、「夜の驟雨はたちまちに去る」とか、そういう言い方をしてみてもいいわね。
星男　客観性が出ますね。
尾崎　「夜の驟雨のたちまちに過ぐ」とか。
夕子　初めの歌よりことばに深みが増した気がします。
「初冬にすでに咲きたる水仙に夜の驟雨のたちまちに過ぐ」。
月子　夕子さんの歌には優しさがにじみ出ていますね。
尾崎　夕子さんは素直でいいのよ。最初にまとめたのが一番率直。こういうところから始めていくといいんですよ。好きなものを素材にとりあげる。そしてだんだんに、どこを強めるとか、反対に軽くする部分とか覚えていくと、いい歌になってくるから。
夕子　好きなものからつくるのだと、なんだか楽しんでできそうです。

同じ題材でいくつもつくる

尾崎　虹子さんはすらすらと書いていたわね。
虹子　クサイ歌です（笑）。
「門出の日人散り果てて小夜更けて雨戸を繰れば星の音きしむ」。

尾崎　実感がこもっていて、ほんと素敵よ。でも、「門出の日」というのがいきなり出てわかりにくいかしら。あなたの門出？
虹子　私じゃなくて、家の者なんです。
尾崎　ああ、なるほど。短歌では、何にも書いてないと主語は必ず「われ」、一人称なの。つまり、この歌は「わが門出」ということになっちゃう。
虹子　子どもの門出なんです。
尾崎　「門出」ということばもちょっと古いかな。
月子　「門出」は古いんですか？
尾崎　古いわよ。今、門出ってことばを日常的に使う？
虹子　「旅立ち」にしようかと思ったんだけど、それじゃ死出の旅路になっちゃうかしらと思って（笑）。娘が結婚して家を出ていくところなんです。
尾崎　まあ、おめでとう！　それならやっぱり「門出」ねぇ。私は「嫁ぐ」ということばは嫌いなんだけど、でもこの場合は、はっきりと「娘《こ》の嫁ぐ日」ということを言ってしまう方がいいわね。
虹子　そうですか。
尾崎　それから、「人散り果てて小夜更けて」と「て」が二つ重なるのはちょっと気になるわね。

虹子　韻を踏む感じにしようと思ったんですけど、あまり使いませんか。
尾崎　音韻的に特別な理由があってわざと重ねる場合以外に使うと、ちょっとうるさくなるのよね。特に、「て」というのは接続詞だから、繰り返し使うのは短歌のような短いものだとうるさくなっちゃう。長い詩の場合は、構わないんだけど。それから、散り果てた、って言いたいんだろうけど、「祝宴ののち」ぐらいで止めておく。八分目で止めるのがいいのよ。
虹子　そうすると、「嫁ぐ娘《こ》の祝宴ののち小夜更けて」となりますか。
尾崎　「小夜」ということばもちょっと甘いかな。
虹子　確かに……。
尾崎　「夜の更けの」ぐらいかしら。「嫁ぐ娘の祝宴果てて夜の更けの」……、これが落ち着くわね。「果てて」が生きてくるし。
虹子　下の句はどうでしょうか。
尾崎　「星の音きしむ」という言い方は写実だとあまりしないんだけど、虹子さんの感性だったらいいと思うわね。
　「嫁ぐ娘《こ》の祝宴果てて夜の更けの雨戸を繰れば星の音きしむ」。
虹子　ことばを吟味してみるとぐっとよくなりますね。
尾崎　最初の頃はいろいろといじってみるといいわね。結局最後にもとに戻っちゃったりすることもあるけど、ことばを選ぶ練習をしてるようなものだから。ただ、どこか調子が悪くてそこだけいじっていると、全体が駄目になるということがある。そういう時はその歌はそのままにしておいて、同じ題材で別の歌をつくってみるのよ。そうすると切り込みが違ってきたり、ことばの選び方が違ってきたりして、また違う視点の歌ができる。同じ題材で、他にどういう表現方法があるかなと探るのはとても有意義なことなのよ。

たとえば、前に月子さんがつくった歌を、もう一度見てみましょうか。

月子　**「深夜の帰宅ドアを開いた暗闇に猫の声のみに迎えられる」**ですね。

尾崎　「深夜の帰宅」と言わないで、「夜のドア開けて」というような言い方だっていいじゃない？　夜、ドアを開けると、そこの闇の中から猫の声だけが私を迎えてくれた、という言い方。

月子　そうすると、説明的に「深夜の帰宅」ということを言わなくてもすみますね。

尾崎　ひとつの題材で三つも四つもつくってみて、その中から一番いいのをとればいいのよ。出来たものを、これは永久に大事にとっておこう、なんていう風にしない。捨てることは恐いことじゃないのよ。

夕子　ようやく出来たものを捨てるのは勇気がいりますね。

尾崎　捨てる勇気は非常に必要よ。それから、短歌というのは短い詩形だから、みんなあれもこれも言いたい、詰め込みたがる。「表現とは限定である」という考え方は、要するに捨てる技術が大事、ということなの。どんどん捨てていった時に残ったものが、軽くてどうしようもなければ歌としては駄目。芯があるものなら、捨てても捨てても何かが残る。それだったらいじる価値はあるわけなのよ。これはたいへん大事なことよ。

月子 「夜のドア」ということばを思いついたとして、「深夜の帰宅」を捨てることができても、今度は「夜のドア」にいろいろつけたくなります。

尾崎 そう、階段を上って来た夜のドアとか、月光をあびて帰って来たそのドアとか、何かくっつけたくなっちゃうのね。それもやっていいのよ。そういう時期もあるけど、そういうのに気を取られるようになると素直さがだんだんとなくなってきちゃう。だから、そういう時期を通りすぎないとね。

月子 やってみて気づいた方がいいということですか。

尾崎 そう。ゴテゴテにくっつけて歌謡曲みたいな歌ができちゃう時期もあるのよ。そうすると、これじゃ駄目だ、これを捨てた方が品格のある歌になるなというのがわかってきて、また捨てるようになる。

夕子 「これでいい」という判断をするのが難しいですね。

尾崎 短歌に限らず、文学や芸術はゴールのない戦いみたいなところがあるから、頑張って、目指すところまで行ってみるとゴールはまた先にあるのよ。マラソン選手みたいに、バンザイと手を挙げてゴールテープを切る快感というのはないと思った方がいいわね。

虹子　果てしない戦いですね（笑）。

尾崎　でも、それだけ面白くもあるし、飽きない。階段状にうまくなっていくから、気がつくと、悩んでいたことの一段上に登ってるの。

月子　しばらく行くとまた壁があって、その前でまた悩むことに…。

尾崎　それも、同じ壁ではなくて、一段上の壁なのよ。だから、その壁の前で引き返しちゃいけないわけ。そういう時は焦らないでとにかくつくる。しっかりゆっくりじっくり。

「捨てる」という技

尾崎　佐藤佐太郎の比較的若い頃の歌ですが、

「みづからの光のごとき明るさをささげて咲けりくれなゐの薔薇」というのがあります。この歌は一見何でもないように単純化されているけど、実はすごく技巧的な歌なの。

夕子　とても神々しい、光があたりに満ちた感じがします。

尾崎　ことばの中では特に「朝」とは言っていないけど、朝の清々しい光を感じますよね。でもこの歌の発見は実は、自らの光のようだといっているところにあるわけ。普通、光というのは外から当たるものでしょう。「光あふれて咲く」とか、「光を返して咲く」、あるいは「明るい日差しの赤い薔薇」とか。そういう言い方はいくらでもできるんだけど、自ら光を抱いて輝いている、と言い切っている。これが佐太郎が薔薇を見て得た気付き、つまり感動なのよね。

月子 実際には外から薔薇に光が当たっているものを、「みづからの光」と置きかえたわけですね。

尾崎 咲いていく花のエネルギーが中から発しているようだと言い切ったところがこの歌の見所で、そういうのを「発見」というんですよ。

虹子 紅い薔薇一つ見て、なかなかそこまで対象に迫るというのは難しいですよね。どうしたらこんな感覚が生まれるのでしょうか。

夕子 私だったら、仮に「薔薇」を題にしてつくれといわれても平凡なことばを連ねてしまいそう。

尾崎 「朝の光あふるる」とか「清き光を受けて」とかね（笑）。実はこの歌には擬人法が使われているんです。本来、写実派では、間接的になってしまうから擬人法を嫌がるんですけど、この歌はぜんぜん擬人法と感じさせない。また、「ごとく」のような比喩でもない。それが技なの。つまり、薔薇が「明るさ」を「ささげて」という風にことばを選っているのが、佐太郎の力量です。

虹子　明るさを捧げるというのは、すごく抽象的な言い方ですね。
尾崎　ところが、読んでる方はものすごく単純で具体的な歌に感じちゃうでしょう。一輪の紅薔薇がすっと真っすぐに立って咲いている、今咲こうとしている薔薇という感じがまっすぐに伝わってくる。写生の歌として実に見事だなあと、若い頃読んで痺れたのよ。
虹子　この「捧げる」というのは、一体どこに捧げているんでしょうか。明るさをこぼして、ということではないんですよね。
尾崎　上に向かっているでしょう。神に捧げているんじゃないかしら。
虹子　確かにそうですね。
尾崎　こういう歌をつくる佐藤佐太郎は、本当に「捨てる」ということを要求しましたね。ことばを飾るというのは一番卑しいことだと言って。作歌においては、その切り込みというか、要るものと要らないものの区別がきちんとつけられることも重要ね。

本質を言い当てる

星男　他に、佐藤佐太郎先生から学ばれたことはありますか。
尾崎　佐太郎先生はよく「言い当てる」ということばを使ったわね。これは、「ものの本質を言い当てる」ということなんだけど、他には言い換えられないようなことばで表現しなさいというふうにおっしゃっていた。これは文章を書くときも同じよね。

星男　確かに、ああでもないこうでもないと書き直して、なかなか言い当てられないということはありますね。ことばが見つからないというか。

尾崎　締める部分に「言い当てることば」というのが必要なことって多いと思う。それこそぴたっと嵌ったときは「これが言いたかったのよ!」という感じで……。さきの佐太郎の歌はちょっと読むとなんでもないけれど、そのなんでもないところがすごいの。写生というのはそういうものなのね。

月子　写生とは、いわゆる絵画の写生と同じ意味なのですか。

尾崎　これは正岡子規が西洋の絵画論から持ち込んだ、「スケッチ」という意味のことばです。東洋絵画のような精神的なものよりももっと具体的な、物に対してしっかりした目でみてそのまんまに書こうというのが彼の考えた「写生」なの。さらにその考えを継いだ斎藤茂吉は、「実相に観入して自然・自己一元の生を写す」というのを自分の作歌の基本とした。

夕子　それはどういう意味ですか。

尾崎　少し仏教的なんだけど、要するに事実とか見たままとかではなくてそのものの真実まで踏み込んで、自然・自己一元、つまり客観的に見ているものと生きている自分の両方が一体となるような、そういう命を写すということかしらね。世界そのものの成り立ちにまで没入していって、そういう目で写生するんだということ。

月子 単にスケッチという意味ではなくて、そのものの真実に踏み込む……。客体と、客観視している自分を一体化させるということですね。

尾崎 ものの本質、真実の中に踏み込んで自分の目で見た自然をつかんでくる。そして、自分の目で見た自然の中の自分をまたつかむ。まあ、命そのものを写すということなんですよね。こういう感覚は私たちの年代にはわかりやすいんだけど、今の人たちはどうしても事柄に重きをおきすぎるから難しいかもしれないわね。

星男 それは、意味性ばかりを追求しているということですよね。最近の短歌は、定型をわざとはずした歌が多い気がします。

尾崎 その通りですよ。意味だけにこだわって、遊びすぎて結局型を崩すのね。でも短歌をやるなら基本的には五七五七七という定型だけは崩してはだめ。あとは何をやってもいいけれど。

Lesson 15 色のないことばで整調する

尾崎　ものをちゃんと観察するというのは作歌の第一歩なんです。それを表現するとき、「ことば」が大切なのはいうまでもないけど、ちょっと秘伝を授けましょう（笑）。作歌のポイントとして、ことばをつなげて五音か七音にしていくといいと最初の頃に言ったんだけど、例えば「雨」を五音にしてみたらどうなるかしら。

星男　「降る雨に」ですか。

月子　私は「雨の日は」という始まり方を考えていました。

尾崎　七音だと「雨の鋪道を」なんていうふうにもなる。今出たことばをちょっと分解してみましょうか。「ふる・あめ・に」は音のまとまりで言うと二・二・一。「あめ・の・ひ・は」だと二・一・一・一。「あめ・の・ほどう・を」だと二・一・三・一。あとそうね、「雨傘を」だとしたら「あまがさ・を」で四・一。ちょっと出しただけでこれだけ組み合わせがあるのね。

虹子　「の」とか「は」「に」「を」といった一音の助詞が結構間に入るんですね。

尾崎　その通り。雨は二音の名詞でしょ、そこに例えば「この」という指示代名詞が入ると、名詞一語に対してさらに音の組み合わせが広がる。つまり、「雨」だけを考えなくても、助詞や代名詞を含めたまとまりとして考えればいくらでも五音や七音はつくれるのよ。

星男　確かに、一気にことばの選択肢が増えます。

尾崎　そこで秘伝なのですが、前回出した佐太郎の歌の中にあった「ささげて咲けり」という七音のところ、分解してみるとどうなる?

夕子　「ささげて・さけり」で四・三ですか。

尾崎　そう。この四・三がとてもきれいなのよ。「くれなゐの薔薇」の五・二というのも同じ。意味からだと四・一・二ともとれるけれど、調べとしては五・二。この調子で非常に美しい流れができてくるでしょう。

月子　本当ですね。

尾崎　「に」とか「は」といった、それだけでは意味のない助詞や代名詞をうまく使うことによって、美しい音の組み合わせを自由につくることができるわけ。だいだい助詞や代名詞というのは色のないことばだから、意味のあることばにつけてもイメージを阻害しないのね。

虹子　つまり、そういう色のないことばをどう付けるかによって、美しいことばの流れや調子が変わってくるということですね。

夕子　そういう意味では、とても大事な要素ですね。

尾崎　とりあえず思いついた語を分解してみるのでもいい。そこからいろいろな組み合わせを考えてみればいいんです。例えば、「くれなゐの薔薇」を「薔薇のくれなゐ」と言ったらどうかしら。

星男　三・四ですね。なんだか座りが悪いです。

尾崎　前後のことばにもよるけれど、星男さんが言ったように確かに三・四というのは下の方が重く感じられて意外と収まりが悪いんですよ。そこが四・三とか五・二だと、七音の中でグッと締まる。だからつくってから入れ替えてみたりすると、調子が締まったり、緩くなったりする。わざと不安定にする場合もあるし。

月子　なるほど。つまり、ただ五音とか七音にするためだけでなく、付ける場所を考えながら組み合わせていかないといけないんですね。

尾崎　色がないといったけれど、「この」なんていう語はあとに続くことばを限定して強めるから、使い方によっては効果的になる。「この雨の日は」というと、「この日だけなんだなあ」という感じが出るでしょう。

虹子　ことばが足りなくなって、無理に「なり」や「けり」をつけなくてもいいんですね（笑）。

尾崎　イメージを限定して強めようと思ったら、助詞・助動詞や代名詞も使えるということを覚えておいてね。

指示代名詞を利用する

尾崎　それでは、つくってみますか。
月子　先生、今日は坂を歩いてきたので、「坂」でもいいですか。
尾崎　いいわね、「坂」にしましょう。「坂道」でもいいわよ。
虹子　ううん……。
尾崎　考えない、考えない。深呼吸してみて。ひとつでも、「あっ、これか」というのが見つかると、すらすらっとできるわよ。
月子　そうは言っても、毎回生みの苦しみです。
尾崎　型にはめようと思わないほうがいいかもしれない。五七五七七になかなか当てはまらなくても、それは後から技術で直せるのよ。だから、言いたいことは何かということの方が大事。普通のことばで考えて。では夕子さん。
夕子　はい。

「**何年も通い続けた坂道を追い越されつつもう一息と**」。

尾崎　実感がこもっているわねえ。

夕子　まさに今の心情です。「坂」と考えると、これしかないんです。丘の上に建つ我が家に帰る坂（笑）。

尾崎　丘の上に家があるのね。

夕子　いままでは人に抜かれたことなんてことはなかったのに、という悔しさと、人生を重ねてみました。

尾崎　この、「もう一息」というのは要らないわね。つまり、いま、あなたが口でさらっと言ったようなことがとてもいいわけですよ。何年も通っている家路の坂で、昔は抜かれることなんてなかったのに、この頃追い越されていくということはつまりそこに年月の長さと、自分の気持の変化があるわけでしょう。それを使わなくっちゃ。「丘の上の家」ということを、どこかで入れていきましょうか。

夕子　はい。

尾崎　「通い続けた」と言うと、そこに向かって行くという感じになってしまうから、自分が住んでるということをまずはっきり言う。

夕子　丘の上の我が家に……。

尾崎　いい調子。「丘の上に住みて」の方がいいかしら。
夕子　そうですね。
尾崎　「丘の上に住みて幾年《いくとせ》」でどう。
夕子　はい。長い年月の感じが出ますね。
尾崎　後半部、気持は素直に出ているのよね。でも、何年も通い続けたというのが説明になっちゃうのよね。
夕子　言われると確かにそうですね。一番言いたいのは「この坂」を「追い越されつつ」一所懸命のぼっていくということなんです。
尾崎　そうでしょう。いまご自分でも口になさったけど、「この坂」なんだから「この」を入れてみますか。あとは、追い越された悔しさを生かしたいですね。悔しさまではなかなか出ないでしょうけど、一所懸命のぼって行くっていう感じはほしい。一番簡単にして、「ひたのぼりゆく」とかね。
虹子　ああ、焦点が定まった。
尾崎　「**丘の上に住みて幾年《いくとせ》この坂を追い越されつつひたのぼりゆく**」。ちょっとしたことなんだけど、「何年」と言うよりも「幾年」の方がことばとしてきれい。あと、「この坂」と指示代名詞をうまく使うと、ことばが生きるわね。「坂道を」とするところとことばの切れ方が四・一になるけど、「この坂を」とすると二・三とか、二・二・一という切り方になるわけね。そうするとそこでちょっと、ことばのかたまりの感じが変わってくるのよ。すると、リズムが変わる。

虹子　坂に込める思いも、強くなりますね。

夕子　素直に出せばいいと思っているんですが、それがなかなか表現できないんです。

尾崎　最初に得た感じが一番いいわけよ。「丘の上の家なんです」と言ったこと。すっと出てくることばの方が、生きるわね。なぜかというと、構えてつくっていないから。ことばそのものが生きてるということなんですよ。

月子　実感ですね。

尾崎　実感。だから、最初の「何年も通い続けた坂道を」だと、どこに向かっている何の坂だか分からないけど、住むって言えばわかる。この場合、通うじゃなくて住むということばの方が確かだということね。

説明を避ける

尾崎　虹子さんの「坂」は？

虹子　はい。

「**立ち止まりかえりみれば坂いくつ越えて来《こ》し道はやすらかならず**」。
尾崎　良くできてるんだけど、ちょっと概念的かな。
虹子　やはりそうですか。
尾崎　短歌の良さというのは、実感なんですよ。感懐になるといけない。坂というのを自分の人生にたとえるのは虹子さんじゃなくてもできるし、それではつまらないのよ。これはもう少し個性的な比喩にするかどうかね。「越えて来し」は「越えこし」。それから、「かえりみれば」は「かえりみすれば」でしょうね。六音じゃなくて七音の方がいい。
虹子　はい。
尾崎　この上の方、ここに比喩をうんとつっこんじゃう手があるわね。そうじゃなかったら実景を入れるとか。思い切り若々しく。
「**初夏《はつなつ》の若葉あふるる坂いくつ越えこし道はやすらかならず**」といえば、その光っている道を見ながら考えてみると、実はそれはそう平らな道ではなかったという風になる。感懐にならないようにするために、実景を入れちゃう方法ですね。
虹子　なるほど。
尾崎　あるいは、
「**初夏の風に耀《かがよ》う若葉の坂わが来《こ》し道はやすらかならず**」なんてどうかしら。悪くないでしょう。要するに上の方で、すがすがしい坂というのを実景として出してしまって、それでも顧みると自分の越えて来た道は、そう安らかなものばかりではなかった、と言うわけ。そうすると、実景があるだけに感懐にならないで、ふっと心を顧みるという感じになる。

虹子　説明にならないように気をつけるということですね。

尾崎　そう。立ち止まってこう見るというと、説明になるでしょう。そうすると実景というよりも、全体が自分の感懐になってしまうから概念的な歌になり易いのよね。

月子　実景を踏まえるというのは、非常に大事なんですね。

尾崎　そう。実景が生きてくると、ことばも生きてくるんですよ。

今この時のこの私

尾崎　では月子さん、いかが。

月子　はい。

「くねる坂足を交互に運びつつ振り返りみれば稲村の海」。

尾崎　いいじゃないの。とても素直に坂を歌っていますよ。

月子　すごく急な坂道を、一歩一歩足をもつれさせながら登っている感じを出そうと思いまして。
虹子　その気持、よくわかる。
尾崎　それなら「くねる坂」ではなくて「急な坂」でいいんじゃない。「くねる」は語感もよくないし。足を交互に運んでるのは確かなんだけど、七五をそれだけで使ってしまうのはもったいない。もう少し何とか言いたいな。これは階段なのかしら。
月子　階段ではなくて細い道なんですけど、くねっていて、上を見ると素敵なおうちがあって。そこでちょっと足を止めてふり返ると、稲村ガ崎の海がぱあーっと見える。
尾崎　「稲村」という地名を言わないで、例えば「光る秋の海」とか言い換えたらどうかしら。
月子　より情景が鮮明になりますね。
尾崎　それが「景が立つ」ということ。「振り返りみれば光る秋の海」。秋の海がぱっと広がってる。
月子　きらきら光ってる様子も目に浮かびます。
尾崎　そうでしょう。そうするとそこに中心がいくから、上の部分はあまりうるさく説明しない方がいいわね。例えば、「のぼりゆく坂険しくて」ぐらいでどう。
月子　確かに、「光る秋の海」が生きてきます。
尾崎　振り返ったということは、急に立ち止まったということなのかしら。

月子　はい。息が切れて足を止めたんです。
尾崎　そうすると、「立ち止まる」ということを言う必要があるかどうかも考えないといけないわね。「ひと休み」というわけではないんでしょうし。やはり、「険しくて」ということばにのぼり坂のきつさを込めましょうか。
月子　自然と伝わる気がします。
尾崎　あとは、誰かと一緒じゃなくて、自分はひとりだということを入れてみるとか。
「**わが孤りのぼりゆく坂険しくてふり返り見れば光る秋の海**」とかね。こうすると、ひとりで必死にのぼって行ったという感じが出るわよね。
夕子　「ひとり」に「孤」の字を使ったのはどうしてですか。
尾崎　この字を使うと、孤独にのぼっていくような感じが出て、坂の上に何があろうとそこまで急いで行かなきゃならないとか、そういう事情を言わなくても済んでしまうでしょう。
月子　こういうことばの選び方も勉強になります。
尾崎　そうね、音にあてはめて「使えない」とすぐに思ってしまわないで、他の読み方や他のことば、字を探すことで、ことばの訓練になる。
虹子・夕子　なるほど。
尾崎　最近加わって下さった、雪子さんはどうですか。

雪子　はい。私は「坂」ではなくて、「手」でつくってみました。

「ささくれて下りの列車に座りおり夕陽の染みて手のほどけゆく」。

尾崎　なかなかいい所捉えてる。「ささくれて」というのは、心がささくれているということなんだろうけど、本来は小指のささくれとかに使いますよね。下り列車に座ってるっていうのは、いいですね。「下りの」の「の」は取りましょう。夕陽が差してくるのもいい。一所懸命「手」にもっていったんだろうと思うんだけど、ちょっと苦しいかな。手がほどけていくんじゃなくて、本当は心がほどけていくんでしょう。

雪子　はい。最初は手がこわばっている感じなんです。

尾崎　ああ、なるほど。その経過を全部言うのには、ちょっと足りないかな。「ささくれて」から「ほどけゆく」という間の時間があまりないでしょう。

雪子　何だか、あれも入れたいこれも入れたいと思ってしまって。

尾崎　「夕陽の」という言い方もちょっと気になるわね。「夕陽に」の方がわかりやすいんじゃないかしら。「染みて」というのはどこに染みているの?

雪子　うつむいて、手をこわばらせていたら、夕陽が差してきて手に染みるんですけど、心にも染みていくというか……。

尾崎　要するにこの歌は内容が多いのね。後半部の「夕陽にひたる」という内容で他にもう一首つくってみるといいわね。「こわばる膝の上の手」とかね。そこに夕陽が差してきて、なんかじんじんとほぐれていく、とかね。

雪子　はい。

尾崎　「ささくれて下り列車に座りおり」だけで結構意味があるから、例えば下は「春の夕陽は心をひたす」とか。

夕子　やはり、「時」を入れるんですね。

尾崎　「**ささくれて下り列車に座りおり春の夕陽は心をひたす**」とか、だんだん自分がひたされていくということを歌えばいいんじゃない。それがほどけてゆくかどうかというのは、その先の問題なのよね。

雪子　「ひたす」ということばだけで、なんとなくやわらいできました。

尾崎　みなさんにも当てはまるけど、いくらか観念的というか、説明しすぎなのね。頭でつくりすぎ。手さぐりでも、ここまでできればいい。実作を重ねてきて、ずいぶん上達したと思いますよ。でも、実景を踏まえることの大切さというか、実景が生きるとことばが生きてくるということを、もう少しトレーニングしたいわね。それと、皆さんのつくる歌には、共通点があるのよ。何だと思う。

虹子　景が立っていない。

夕子　観念的ということかしら。

尾崎　そうね。もっとはっきり言うと、「私という存在の現時点の歌」という意識が薄いということ。「私」が「今日」「今」思ったことというのが非常に大事なのよ。それをある程度強調するというか、はっきり踏んでると、わりあいと人は読みやすいということがあるわね。

月子　経験自体は過去のものでもいいんですよね。

尾崎　もちろん。「経験」はいつでもいい。三十年前の経験だろうと、あるいは夢の中の経験であろうと。でも、今の現時点の自分が歌ってるという感じで詠んだ方が、実感があるということ。それを覚えておくと、楽だと思いますよ。

「自分」の発見

星男　本当の歌っていうのは、自分しかいえないことをいう、ということですか。

尾崎　そう、自分しかキャッチできないことを表現する。しかも、できるだけ不特定多数の人の共感を得られるのがいい歌。そのためには、自分を本当に見つめてないと、人を引き込めない。

月子　自分がわかってないと、詠めないですね。

尾崎　そう、自分と対決しないとできないわけ。それがいちばん根本にあるのね。自分の殻を破る、っていうことがすごく大事なわけよ。これまで生きてきた中で自分がつくり上げてきた自分像というのがあって、でもそれは本当の自分ではないのよね。たとえば、他人から見たときに「いい奥さん」であることが、自分のアイデンティティーだったりすることって多いんだけど、それは虚像なのよね。だから、短歌教室に入ってくる人というのは、自分では気がつかなくても実は「自分探し」をしているんだと思うの。「本当のあなたってなあに?」って問うと、わからなくなっちゃう。

月子 きっと戸惑っちゃうんですね。自分を見つめてみる機会っていうのは、日常の雑事の中では意識しないと持てない気がします。

尾崎 私はよく、らっきょうの皮むきの話をするんだけど(笑)。どういうことかって言うと、らっきょうってどんどん皮をむいていくと、芯に何も残らないでしょ。何にもなくなっちゃったらダメなのよ。たとえば、桃だったら、皮むいて食べて、最後に種が残るでしょ。それは何か。ほんとの歌になる。飾りはどんどん捨てなさい、って言って何にもなくなっちゃうような歌だったら、初めからつくるな!っていうの(笑)。

夕子 それはほんとの自分の歌じゃない、ってことなんですね。

尾崎 お行儀のいい優等生の歌なのよ。自分の理想像みたいなものを通してつくってるんじゃ何にもならないわけ。ほんとの自分、生の自分っていうものを出さないと、自分の歌にならないんじゃないかな。それを見出すまでは結構大変なんじゃないかと思いますけどね。

月子　すると、その部分は作歌のテクニックじゃないってことですよね？

尾崎　ええ、表現のテクニックとは別ね。

月子　では、その、「自分探し」っていうのは具体的にはどんな作業をしていったらいいんでしょう……。

尾崎　そうね、それを考えてみましょう。前に日本画家の小泉淳作さんと対談した時にもそういう話が出たんだけど、要するにテクニックというのは、誰でもある程度のところまではいけるわけ。絵なら絵で、たくさん描けばある程度はうまくなる。同じように、ことばも、例えば短歌なら決まった形式があるから、長いことやっていれば、ある程度までうまい歌はできるのよ。

星男　そのテクニックの前に、根本的な欲求、衝動が先にあるべきだっておっしゃっていましたね。

尾崎　そうなのよ。自分の心から思ったこと、心から感じたことを歌にすること。同じ桜が散るのを見ても、蟬が鳴くのを聴いても、「今ある自分」がそれをキャッチした時、本当の歌になる。素直に感動する心。感動っていっても大袈裟なことじゃないのよ。私はよく「発見」、ってことばを使うけど。

月子　なんとなく、わかるような気がします。

尾崎　たとえば、旅に出れば歌をつくれる、という人がいるけれど、旅に出なくたって、発見っていうのは日常生活の中でできることだし、それこそが大事なことなのよ。

夕子　はじめにおっしゃった、物をよく見る、ということから始めるのでしょうか。

尾崎　そう、まずそこから始まる。そして、表現する瞬間には、自分の生きてきた全ての歴史がそこに凝縮するということなの。そういう感じで、物をぱっとつかまえた時は、すごくいい歌ができる。めったにできないけれども（笑）。

月子　短歌っていうのはすごいものですね！

尾崎　それともうひとつ、小泉淳作さんがおっしゃったことで、本当に感動したことがあるんだけど。小泉さんは建長寺と建仁寺の天井画、あの大作の二つの雲龍図を、二年間ぐらいで描き上げられたでしょ。龍の鱗を一枚一枚描いていく、そのすごさに気が遠くなりそうです、って言ったら、事もなげに「そうは言うけど、一枚一枚描いていけば、いつかは描き終わりますよ」っておっしゃった。これはすごいことばよ。

夕子　ええ、すごいことですね。

尾崎　それを信じられるかどうかなのよね。一枚一枚描いていけば、いつか終わる、っていうこと。だから、あきらめちゃいけないのよ。絵と同じで、歌も下手でもいいからひとつひとつ自分を見つめながらつくってるうちに、自分の歌ができてくる。龍の鱗だと思えばいいのよ（笑）。

月子　そうですね、やらないとやっぱり駄目なんですね（笑）。

尾崎　その通り、その通りよ！

たぬ子のワンポイント・アドバイス④

語感を磨く

現代短歌には、特別に難しいことばづかいは必要ない。素直でまっすぐで的確なことばを選ぶこと、そしてそれをどうつないでいくか。そこにリズムや調べが生まれていく。そのためには「語感」が大切である。ことばの音感、リズム感、内容を含めて、自分にとって好きなことば、嫌いなことばを確かめるように心がけるとよい。いつの間にか、好きなことばは熟成して、もっとすぐれたことばをみちびいてくれる。嫌いなことばは、なるべくやんわりと排除してしまう。ムリはしない。「好き嫌い」はその人を裏切らないものだし、その人の本性に基いているものだ。むろん、人間が大きくなって、いつか「嫌い」が「好き」に変わるかもしれない。それも又、人の成長に従って起るものだ。短歌作者は常に「語感」に敏感であることを心がけよう。

Lesson 16

詩のことばは明確に

尾崎　今日は短歌のレッスンに入る前に、折角だから、ちょっと紹介します。「芸術の円光」という北原白秋の有名な芸術論で、大正時代のものなんですけど。『水墨集』の序なんですね。白秋といえば象徴主義の中心みたいに言われてるけど、写実にも通じるのね。「万有それぞれに一々の香気と気品とを持つ」。これは、何にでも香りと品というものがなければいけないということ。「一茎のほのかな白芥子の気品を知つて、かの蒼穹の図り知る可からざる香気の崇《とうと》さをふり仰がぬものは禍《わざわい》である」。少しことばが難しいかもしれないけど、白いポピーのゆれているほんのたった一茎、その白い芥子の花の気品に心をつかれて、「ああ、きれいだな」とただ思うだけじゃなくて、こういうものを咲かせた青空の向うの宇宙、もう自分たち人知ではわからないような、こういうものを咲かせる力というもの、その崇さというものを知らないというのは、あまりに愚かだと言ってるの。

夕子　とても壮大ですね。

尾崎　短歌に限らず、表現ということを考えたときに次の事はとても大事だと思います。「詩のことばの明確こそは大切である。如何なる感覚の暗示にもことばそれ自身が朦朧で、意味不明であつてはならぬ」。はっきり人に伝えられることばでなければいけない。要するに、自分はわかっていても、人に伝わらないようなものじゃいけないということ。「真の詩の神秘性は決してことばの朦朧難解から来るのではない。詩人その人の思想の深さ、観照の鋭さから来る。而もことばの節約から来る」。

虹子　「ことばの節約」。

尾崎　すごいでしょう。「ことばの節約」というのは、短歌とか俳句には非常に大事で、対談で俳人の金子兜太さんが同じような事を言っておられたけれど、私も度々に言う「限定」、ことばを限定するということね。

夕子　そぎ落とし…。

尾崎　そうです。要らないことばはそぎ落とせ、それで正確且つ明確でなければいけない。作家の井上靖さんも言っていますね、「精確とは美しい」と。その次、「思へ、象徴若《も》しくは伝神の至妙境にあっても、絵画の一線は飽くまで正確に、詩の一語は飽くまで簡素なるべき事が、即ち東洋芸術の最高最上の真諦ではないか」。どんなに象徴とか、至妙境、神の域であっても、絵の線の確かさ、詩の一語の簡潔さ、それを心がけないといけないんですね。それが東洋芸術の一番の中心であるわけだと言っているんです。私は東洋芸術だけではないと思っているけれども、納得のいく言い方ですよね。

虹子 難しいですけれど、言っていることはシンプルなんですね。

尾崎 そうです。まあ、短歌創作の極意でもありますね。私は、若い頃白秋が好きでよく読みました。「夜雨来る」という詩なんか有名ですけど、

あ、あの声は
鵲《かささぎ》の巣を濡らしにゆくのか、
それとも水星の淡さを
また緑に濯ぎにゆくのか。
あ、雨だな、
雨の小供だな。

……いいでしょう。

夕子 素敵ですね。

雪子 「雨の小供」というのがいいですね。

尾崎 あと、私が好きなのは「月光微韻」という連詩。短詩のつながりですが、そのなかで、

月の夜の
見えの薄さ、
風の吹く道、
星の間の線。

この、「星の間の線」というのが好きで。星自体は全然他と関係なく、何十万光年も先に存在するだけなのに、人はそれを見るとつなげちゃうのよね。目に見えない線でつなげてしまって、オリオン座だ何だって言う。「星の間の線」というのはまさにことばの発見よね。

月子 言われないと気付かない見方ですね。

尾崎 それが、ことばを鍛錬するということ。それから、

月かげすらも
痛からむ、
明日ひらく　紅き蓮《はちす》の
蕾の尖《さき》よ。

たいへん繊細な詩なんですけど、これは短歌形式になってもおかしくないのよね。七／五／五七／七でしょう。そこが面白いなあと思った記憶がありますね。いまは、北原白秋の系統であっても、写実や前衛の影響を受けすぎてたりして、思ったように白秋の真意が生かされていない

ような気がするけど。

独創的な比喩を

尾崎　これまで短歌をつくるうえでの基本的なことはおさえてきたと思いますが、今日は「比喩」について話しましょう。比喩にも、直喩と暗喩があるのだけれど、ここでは、写実の技術としての「直喩」について。これも基本的なことのひとつなの。みなさんの歌を見ていると、結構、比喩の表現を使っているんですね。散文などに比べて詩や短歌の場合、比喩が大事になってきますので、しっかりおさえておきましょう。

月子　比喩というのはつまり、何かに喩えるということですよね。

尾崎　そう。短歌というのはすごく短い詩形だから、安易に比喩を使うと比喩の方がいやに重たくなったり、反対に比喩が当り前でつまらなかったりすることがよくあるの。

虹子　折角使った喩えが生きないのなら、わざわざ言い換える理由がないですね（笑）。

尾崎　その通り。比喩というのはやはり、共感とか、「これは作者の発見だな」と読んだ人が感じる部分がないと、使って成功したとはいえませんね。

夕子　喩え話というのは確かに、「なるほど」と感じ入る部分があるとより伝わりますよね。

尾崎　だから、喩えるときはかなり突っ込んだ、創作的な比喩が必要なのね。ありふれた比喩はだめ。例えば、桜が散るのを雪に喩えることなんかはよくある例で、「雪のように散る」と言ったってちっとも面白くない。

雪子　確かに誰でも思いつきそう。

尾崎　百人が百人、そう言うかもしれない。新聞記事なんかでは万人にわかる比喩というのが多いけど、詩の比喩の場合は独創的じゃないと成り立たないところがあるのね。武田信玄の「風林火山」、ご存じ？

月子　「はやきこと風の如く……」という、有名なことばですよね。

尾崎　「疾《はや》きこと風の如く、徐《しず》かなること林の如く、侵掠《しんりゃく》すること火の如く、動かざること山の如し」。中国の「孫子」という兵法書から取っているんだけど、このなかの「比喩」の部分はどれ？

雪子　「～のごとく」の部分ですね。

尾崎　そう。「疾きこと風の如く」というのは割と使うんだけど、「徐かなること林の如く」というのはとても独創的だと思いませんか。

月子　確かに、「林のように静かだ」とは日常的に言わないですね。

尾崎　しかも私たちにイメージがぱーっと伝わってくるでしょう。

夕子　ほんとですね。

尾崎　今ぱっと思いつく、「ごとく」「らしい」「ような」のついた表現にはどんなものがありますか。ありふれたものでいいですよ。

雪子　「玉のような肌」とか。

尾崎　うん、そう。

虹子　「〜に似て」なんていうのもそうですか。

尾崎　そうですね。私なんか「ごとく」を使いたくないから、「似て」などを使いますよ。今挙がった例で、「玉のような」という言い方というのは、本質を言い当てているんだけど、みんなが使っているから手垢がついちゃって、何となく俗っぽく感じられるでしょう。

夕子　当り前すぎてつまらないですよね。

雪子　「身を切られるような」なんていうのはどうですか。

尾崎　そういうのもありますね。「身を切られるような寂しさ」とか、確かに切実さは出ていますよね。だけれどやっぱりどこかで見たことのある比喩でしょう。そうではなくて、自分の発見でその寂しさが言えたら一番いいんですよ。

雪子　あらためて考えると難しいですね。

尾崎　短歌ができて千三百年もの歴史のあいだに、みんなが使えば似てしまう、表現が類型化してしまうということは、当然でしょ？　いかに類型化しない比喩を使うか、それが一つの発見であるわけで、短歌という短い詩形のなかでは、比喩の発見というのは、直接作者の作歌精神にかかってくる。

月子　でも、何も考えずについ「ごとく」を使ってしまいそうです。

尾崎　使ってはいけないということではないの。私の師である佐藤佐太郎も、「ごとく」を安易に使ってはいけないと厳しく戒められたけれど、ご自分の歌には「ごとく」をうまく使ったものが多い。

虹子　そういえば、LESSON14のときに、佐太郎先生の「**みづからの光のごとき明るさをささげて咲けりくれなゐの薔薇**」という歌を鑑賞しました。これにも「ごとき」という語が入っていますね。

尾崎　実はね、佐太郎先生は門下生に「ごとく」を使うことを厳密に制限していらしたけれど、あるとき「しかし、実際のところ、ごとくこそは極意だな」っておっしゃったのよ。つまり、安易でない最上級の「ごとく」を使うことを心がけろということだったのね。

「**桃の木はいのりの如く葉を垂れて輝く庭にみゆる折ふし**」。

これも佐太郎先生の歌。梅雨明けの頃の歌なんだけど、桃の葉っぱって本当にこんな風に垂れているじゃない。それを「いのりの如く」と言ったというのがすごい発見よね。

月子　とても思いつかない。

虹子　言われてみると、ぴったりという気がします。

尾崎　「輝く庭」という言い方も、ありふれているようでとても効いている。普通だったら、「雨後の輝く庭」とか言いたくなるじゃない。でも説明はしない。「見ゆる折ふし」なんて言い方も、こういうのを私は「色のないことば」と言っているんだけど、邪魔にならなくて的確に作者の動きをとらえていることばですね。素晴らしい比喩を使ったときには、ほかはなるべく薄く、邪魔にならない息づかいのことばを置く方がいいでしょう。そうしないと、この「いのりの如く」が生きてこない。

夕子　擬人法のような間接的な表現は短歌ではうるさくなるからあまり使わない方がいいとおっしゃっていましたけど、この場合の「いのり」は？

尾崎　もう擬人法を超えちゃっているわけよ。

夕子　言い古されたことばでなければいいということですか。

尾崎　そういうことね。擬人法の悪いところというのは、どうしてもそれに頼って、使い古された形容を使おうとすること。同じ擬人法でも「いのり」というのは、擬人ということを忘れさせるぐらいやはり直接的な比喩なんです。そういう発見があれば、十二分に生きる。というのは、比喩であると同時に限定であるわけだから。垂れている葉っぱに対して「どのように」

という比喩、形容をもってくるのは一つの限定。それをきちんとするということは、とても大事なことなの。

生命感のようなもの

雪子 先生、もう少し実際の歌で例を挙げてください。

尾崎 そうね……あまりいい例ばかり出すとつくれなくなっちゃうかもしれないけど（笑）。**「曇り日のすずしき風に睡蓮の黄花ともしびの如く吹かるる」**。これも佐藤佐太郎の歌。この場合の「ごとく」は「ともしびの如く」。蠟燭の火ですよね。

虹子 睡蓮の花をともしびに喩えているんですね。

尾崎 睡蓮というのは花びらが閉じていて、陽が差さないと咲かないんです。それで池の面を全体に曇り日が覆っていて、風が涼しいということは六月の感じですね。この場合の「すずしき」は、肌にすっとくる感じ。説明になっていなくて、皮膚感覚みたいなもの。

夕子 「睡蓮の花」と言わないで「黄花」としているのは、やはり「ともしびの如く」を生かすためですか。

尾崎 「睡蓮の花ともしびの…」じゃつまらないでしょう。「黄花」と言うと、何か透き通ったような黄色い蕾という感じが出る。普通の写生だったら、「涼しい風が蕾を揺らして過ぎて行く」と言ってしまうのよ。ところがこれは、「吹かるる」と言っているから、主語は花なんです。ただし見ている「われ」がいる。

虹子　「ともしびの如く」というのもまさに発見ですね。

尾崎　情景が湧くと、歌の中心が鮮明に浮いてきますよね。これは植物の歌なんですけど、何か植物そのものの生命みたいなものをとらえているところがあるでしょう。生命感みたいなものがある。その動きが、生命とか、ときの流れとか、そういうものを伝えてくると思う。そういう眼がいつもあると、歌が生きてくると思いますよ。

では、つくってみましょうか。こういう「ごとく」は使えないか……、というところまでつくってみて、みんなで考えてみるのでもいいわよ。

普通語を生かして使う

尾崎　では、雪子さんからいきましょうか。

雪子　「**寒空に予鈴のごとく身を揺らし春告げんとす早咲きの桜**」。

尾崎　うまいですね。「予鈴のごとく」というのが効いていますよ。全然関係ないみたいなことを持ってくる、それが発見なんですよ。当り前でないものがふわっと入ってくるのが、「ごとく」の使い方。

雪子 「身を揺らし」のところは「身を鳴らし」と迷ったのですが。

尾崎 この場合は、「予鈴」で「鳴らし」じゃつまらないから「揺らし」でいい。もう「予鈴のごとく」という形容の発見に全体を預けてしまいましょう。最後は桜でもいいんだけど、ちょっと不安定だから、例えば早咲きの梅ではどうかしら。そうするとむしろ蕾が丸いから、「鈴」というのが生きてきますね。でも、梅は枝にべたっとついていて、桜の方がちょっと首をのばして咲くから、揺れるという意味ではやはり桜の方がいいかな。

雪子 桜と決めてしまったから、梅のことは思いもつきませんでした。そういわれると、吟味してみる必要がありそうです。

尾崎 まあこの場合は、やはり桜ね。それから、いっそ「早咲きの」と書かないで「桜一枝」とするのもいいかも。

「**寒空に予鈴のごとく身を揺らし桜の一枝《いっし》春告げんとす**」。

雪子 「予鈴」というのはどういうふうに思いつきました？

尾崎 予言とか予告とか、いろいろ考えたんですけど……。

尾崎 「ごとく」の生かし方は、こういう風にとんでもないところにぱっと飛ぶというのが、一つのやり方なんですよね。では次は、月子さん。

月子 はい。

「浜見ればわかめ干されてカサカサと風にゆられてモビールの如く」。

尾崎 そうね、これは割に当り前の「ごとく」なんだけれども、見ているところはなかなかいいですよ。ただ、わかめ干しがモビールに似ているというのは一種の「見立て」で、これは『古今集』なんかにはよくあるやり方なんですね。対象を他のものになぞらえて言いかえるという古典的な方法。「見立て」の歌になっちゃうと比喩とはちょっと違って、少し弱いところがある。わかめが干されているのを、同じ「ごとく」でも、モビールのように見立てるというのは一種の技巧であって、今はあまりそういうわかってしまうような「ごとく」は使わないわね。意外性がないというか。

月子 見たままですよね。

尾崎 でもこの場合は、「モビール」ということば自体が生きているからいいんじゃないかしら。そうね……ただやっぱり、「カサカサと」というのがちょっと気になるかしら。擬音語、オノマトペを使うと軽くなってしまうのよね。

月子 軽くなる?

尾崎 例えば、「落葉を踏んでカサカサと」なんてちょっと子供っぽくなっちゃうじゃない。

一概に使ってはだめということではないけど、いろいろとことばをあてはめてみて、どれが一番しっくりくるかよく考えて。干されているということを、例えば「乾く」というようなことばを使ったらどうかしら。

月子　なるほど……。

尾崎　**「春浜にわかめ干されて乾きつつモビールのごと風に揺らるる」**。

これで落ち着くわね。オノマトペは浅くなりやすいから、なるべく「乾く」みたいな普通語を使う。これがまた妙に古典的な歌語を使ったりすると、へんに飾った表現になったりして、使う人は使いこなせた、うまく行った、なんて悦に入ったとしても、読者の方は、「何よ、このキザないい方！　だから短歌ってイヤなのよね」なんてことになりかねない。率直に単純に、しかも的確な普通語を選ぶ方が、ずっと効果が上がるのね。

Lesson 17

ひらめきを生かす

尾崎　引き続き「比喩」の実作を見ていきましょう。夕子さんの歌は？

夕子　**「ひたすらに枯芝の原ボール追う今咲き競う梅林を経て」**。

尾崎　「ごとく」が入らないって悩んでいたけど、言っていることはいいですよ。「枯芝の原」には「に」を補いましょう。「枯芝の原にひたすらボール追う」、と入れて、後半部、「競うがごとく」としたかったわけでしょう。それで「咲く梅の花」を入れたかったのよね、たぶん。

夕子　はい。

尾崎　そうすると、「競うがごとく」が「ボール」と重なるところがあるのね。ことばのつながりとして生かせることもあるんだけど、この場合は「競う」が「ボール」に付き過ぎてしまうというか、「梅」がかすんでしまうのね。そうすると折角の「ごとく」も生きなくなっちゃうから……。

夕子　星占いで「ラピスラズリが吉」って書いてあったから、今日、ラピスのイヤリングをつけてきたんですけど……、うまくいかないわ。

尾崎　それよ。いっそのこと「ラピス」を使いましょう。

夕子　え⁉

尾崎　一種の力技ですが、こういうひらめきが大事なのよ。つまり、何でもないものを強引に持ってくる。

一同　なるほど。

飛躍を覚えよう

尾崎　何に合わせるかというと、この歌で言えば例えば「梅の蕾」。「ラピス」なんて全然梅と関係ないと思うでしょう？　あんなに碧いのがなんで白梅なんだと。ところが、「青」ということばから小さい丸とか玉とかそういうものが連想できる。

夕子　これも比喩なんですか？

尾崎　そう。何かに喩えて暗示する方法があるのよ。まったく関係のない、いま夕子さんがしているラピスを梅にぽーんとくっつけてしまうの。たとえば、「ラピスのごとき梅の蕾は」どう？

月子　大胆ですね。

雪子　でも、面白い。

尾崎　この場合、例えば「冬天に」とか、堅いことばを使うのがポイントね。要するに「ラピス」のイメージを盛り上げることばを持ってくる。

「**冬天に向きつつ光浴びゐたりラピスのごとき梅の蕾は**」とかね。「向きつつ」は「対して」でもいい。そうすると、この上もなく印象的な歌ができちゃうでしょう。「冬天」「ラピス」と言ったときの、梅もまだ咲く前の堅い蕾のイメージ……、いいじゃない。

夕子　音も堅くて締まっていますね。

虹子　凜として。

尾崎　白梅を「白」という必要はない。それが一つの飛躍なの。誰が何と言ったって「ラピス」なんだと言っちゃえば、それがその人の個性なんだから誰にも文句は言えない。自信をもっていいんですよ。

虹子　何か新鮮な気がします。

尾崎　そうでしょう。いまの夕子さんの何気ない「ラピス」というつぶやき、この一言でここまで歌が変わる。そうやってことばをつくっていく癖をつけると、そのうちにぴたっとはまるようになる。

夕子　どうしても見たままから抜けられないことが多いですけど。
尾崎　見たものを描写することを重ねてきて、思い切ってその先までぽーんと飛んでみましょう。飛ぶことを覚えると世界もわっと広がるはず。

ことばの入れ替えで締める

尾崎　虹子さんの歌は？
虹子　二首あります。
「喪失は複写のごとくよみがえる雛のころなる君の命日」。この歌はたまたまつくってあったものなんですけど、偶然「ごとく」を使っていたので出してみました。
尾崎　「複写のごとくよみがえる」というのは感じが出ていますね。それに比べて、「雛のころなる君の命日」っていうのは少し出来過ぎかな。
虹子　「雛」というのは「雛祭りのころ」という意味で使っているんですけど、わかりますか。
尾崎　十分わかりますよ。ただ、「雛のころなる」だと、ことばが古く感じられる。「君の命日」も、「君の逝きたる」ぐらいでいいんじゃないかしら。
「喪失は複写のごとくよみがえる君の逝きたる雛の三月」とか。どう？　しゅっと詰まってくるでしょう。ちなみに、この「君」というのはどなたのこと?
虹子 兄とか、父とか……。
尾崎 それなら「兄」と言ってしまってもいいんじゃないですか。「君」というと、やっぱりちょっと甘くなるわよね。
虹子 三月は亡くなった人が多いんです。
尾崎 そういう歌もできるんじゃない。
「**三月に逝きたる人の数多しかの日も桃の咲きていたりき**」とか。でも、「複写のごとく」、この比喩は飛んでいていいですよ。
虹子 「雛のころ」より「雛の三月」で締めるんですね。
尾崎 音も締まるし、幅もできるし、「雛」が華やかになってくる。「雛のころ」だけだと、とりとめがないんだけど、「雛の三月」というと「三月」の明るい感じがわっと出てくるでしょう。
雪子 何だか切なくて、あたたかい歌ですね。
尾崎 ちょっとことばを替えるだけなんですよ。自分でいろいろとあてはめてみて、そのなかで「これ」と思うものを選び取る訓練をどんどんしてください。さあ、虹子さんはもう一首、ここでつくった歌は?
虹子 「**老夫婦トーキーのごと黙々と若布刈りゆで干し並べゆく**」。

尾崎　これも感じはある。だけど、トーキーと言っても今の人はわからないんじゃないかしら。
虹子　無声映画のことです。
尾崎　「無声映画」と言ってもできると思いますよ。むしろその方が「トーキー」と言うより新しいかもしれない。そうすると、上の方は「老夫婦無声映画のごとくにて」となるわね。あと……、「刈りゆで干し並べゆく」というのはどう？
虹子　うるさいですか（笑）。
尾崎　うるさいわね（笑）。下の句の動詞が五つでしょう、これは多すぎるから整理する。思い切って二つ取ってしまって、「若布干し並べゆく」でいいじゃない。あるいは「吊り干したり」とか。
虹子　「吊り干す」ということばの方がはっきりしますね。
尾崎　「吊り干すが見ゆ」なんていうのも使えるわよ。
「老夫婦無声映画のごとくにて黙々と若布吊り干すが見ゆ」。
月子　全体が締まりましたね。
夕子　「無声映画」の方がいいわ。
尾崎　両方ともいい歌ですね。「ごとく」をうまく持っていっています。でも、「複写」と「トーキー」は少し連想が似てるかな。さっきの「ラピス」みたいに、もう一つ飛べるかもしれない。

並列的に「ごとく」を見つけるんじゃなくて、まったく違うところから持ってくる方が生きると思いますよ。

虹子　そうですね。どう飛んだら独創性が出るか、これから比喩のことばもいろいろと探してみます。

難しい「暗喩」

尾崎　「ごとく」の実作教室はこの辺で終わりにしましょうか。何か質問はありますか。

月子　比喩のひとつの「暗喩」について、もう少し詳しく教えていただけますか。

尾崎　そうね、折角だからちょっとお話しておきましょう。暗喩というのは、喩えを用いながら、「ごとく」「ような」などの表現は使わない方法のこと。その前に、「ごとく」を使わない直喩の例を挙げてみましょうか。直喩というのは、たとえるものとたとえられるものとを直接比較して示す修辞法のひとつです。これも佐藤佐太郎先生の歌なんですけど、

「**今しばし麦うごかしてゐる風を追憶を吹く風と思ひし**」というもの。これは、「と思ひし」ということばで喩えを表しているんだけど、わかりますか。

雪子　今、目の前の風を過去の風に喩えているんですね。

尾崎　そうね。それから、

「**われひとりめざめて居たりかかる夜を星の明りといはばいふべし**」というのもあります。「いふべし」が「ごとく」のかわりになっているんですけど、これもやっぱり暗喩ではなくて、直喩と言われる方の形。二首とも「ごとく」と言っていないけれども比喩ですよね。暗喩とか隠喩とかいうのは現代詩には多いけど、実はいままで短歌にはあまりなかった形で、いわゆる前衛短歌が流行ってからはっきり出てきた面があるんですよね。例えば、塚本邦雄の

「**硝子戸にうつり家族ら睡りゐるこの眠り厚き紫蘇いろの膜**」（『水銀伝説』）。それから、岡井隆の歌。

「**薔薇抱いて湯に沈むときあふれたるかなしき音を人知るなゆめ**」（『鷲卵亭』）。ちょっと装飾が多いので、いわゆる写実の歌とは違うんですけど、こういう言い方もある。

虹子　なんだか女性の歌みたい。

尾崎　塚本さんのは、まだ若い頃の歌なんですけど、有名な歌ですね。硝子戸にうつる眠りという発想自体はご自分の家族だと思いますけど、「家族」という概念を重んじているのね。「厚き紫蘇いろの膜」というところが比喩としてはいいですよね。「紫蘇いろ」ということば自体が印象的じゃないですか。

月子　色彩感覚が独特ですね。

尾崎　塚本さんはびっくりするぐらい、いろいろと色を創作する人なんですよ。「白馬色《あお》」「あかがね色」「漆黒」「紅梅」「炎色」……、「烏賊墨色」と書いて「セピア」と読ませる話はしたわね。「蛭色」「くちびる色」なんていうのもある。

月子　面白いですね。

尾崎　たくさんあるんだけど、それが非常によくこなれているんですよ。「紫蘇いろ」というのもこの人の発明なんだけど、やっぱり紫のシソで匂いまで立ってくるじゃない。しかも、「厚き」「紫蘇いろ」だって言うと、半分透き通った紫色みたいなものが家族の眠りの上をずっと覆っているっていう、厚みもうまく出ていますよね。

夕子　「膜」って感じが出ていますね。

尾崎　そうなの。「靄」などと言わずに「膜」ということばを使っているのも技。家族に対する一種の断絶みたいなものを男が詠っているという不思議な歌なんですけど、私は好きですね。

岡井さんの歌はどう?

雪子　ちょっと官能的な感じがします。

尾崎　そう、まさに女人を抱いて湯舟に沈んでいるととっていいでしょうね。これが暗喩といわれる比喩表現。さっきの「紫蘇いろの膜」もそうですよ。実際にあるわけじゃなくて、心で感じ心で見るものを喩えている。こういう形で心理状態や、はっきり言えないことを譬《たと》えて表すのが暗喩です。でもこれは本当に難しくて、わかる人が読めばわかるけど、下手すると自分だけわかればいいという自己中心的な歌になっちゃう。

虹子　うまく使えれば、より効果的に歌を盛り上げてくれるんですね。

尾崎　基本さえ踏んでいればね。直喩という表現はきちんと理解して通過しておいた方がいいわね。いずれにしても、いつも言っているように、写生の方法、つまりしっかりとしたデッサンを身に付けさえすれば、あと崩すのはどうやっても構わない。それは自由で、こうでなければならないっていうのはないんですよ。最初から暗喩に行っちゃう人もいるけど、やっぱりそういう歌はあとに残らないわね。短歌の暗喩というのは、広がりたがるわりには、どうしてもひとりよがりになりやすくて、誰にでも共通の感動を与えるには難しいところがある。それに比べて直喩の方はもっと率直。「直接端的」ということをよく佐太郎先生は言っていらしたけど、できるだけ直接的に言うのが一番だと思う。そして、削りに削って最後に残るものだけを残す。

月子　私の場合、削りすぎると何もなくなっちゃうんですよね（笑）。

尾崎　そういうのを「お猿のらっきょう」っていうの。皮をむいていくと何もない。そうじゃなくて、何かは残してください（笑）。歌をつくって提出するときには、百年後に残るぐらいの気概をもってつくることが大切。

雪子　百年後なんてとても……。

尾崎　みんなそう言うの。でも、どんなに下手でもいいから、百年後の人が読んだらどうだろう、どう感じるだろうという客観的な眼を持ってつくってください。そうすれば、どこか芯のある歌ができるでしょう。そういう眼でつくれば、いまの時代というものをどこか証言する歌ができる。全部をそんな歌にしろなんて贅沢な注文はつけません（笑）。千、二千とつくったうちに、ひとつでもあればいいのよ。

たぬ子のワンポイント・アドバイス⑤

暗喩の好例

近代短歌では、直接的表現法をよしとした時代が永く、「暗喩」の技法が多く採り入れられるようになったのは、戦後、とくに前衛短歌とよばれる潮流の中であった。直接的に表現しないだけに、読み手がどう受け取るか、の問題にもかかわってくる。有名な歌としては次の例がある。

日本脱出したし　皇帝ペンギンも皇帝ペンギン飼育係りも　塚本邦雄（『日本人霊歌』）

この「皇帝ペンギン」と「飼育係り」が何を示しているのか、早くから議論がさかんだった。戦後の昭和29年の作で、敗戦後、マッカーサー元帥を訪問した天皇と、主権在国民の新憲法下の、日本の民衆を象徴している、という説をはじめ、当時皇帝ペンギンが初輸入された動物園説まで、今も議論百出である。

Lesson 18

ことばのストックを増やす

尾崎　この講座のメンバーも途中で多少変わりましたけど、みなさん、よく進歩していますね。この際もう少し質問を受けましょうか。

月子　ＬＥＳＳＯＮ１で、ことばを五と七にする方法について、「歌だと構えずに、ことばのパズルと思えばいい。名詞はもともと音の数が決まっているから、そこにつける助詞、助動詞、形容詞などで五にしたり七にしたり」というお話があったんですけど、具体的な工夫というか、技術的なコツみたいなものがありましたら教えてください。

尾崎　最初はとにかく短歌の型に慣れるために、ことばを五音と七音に置き換えていくということを言ったのですが、いまの月子さんの悩みは、言いたいことがまずあって、それを五七にはめていく難しさということじゃないかしら。確かに、言いたいことの方が大事。ただ、言いたいことを一言で言おうとするのは無理なので、五七五七七全体のなかからにじませるというのが短歌なのよ。

月子　つまり、ことばをひとつひとつ選ぶときに、「自分の言いたいことをどれだけ表せるか」、「五七五七七にどうはめていくか」の両面から考えながら組み合わせを決めていくということですね。

尾崎　そうそう。その際に、一番調整しやすいのが、助詞、助動詞、形容詞などですね。ひとつのことを表すのにもいろいろとことばがあって、どういうふうに組み合わせるかで変わってくるわけです。例えば、「風」ということばで形容詞を考えてみましょうか。どういう形容ができるかしら。

虹子　すぐ思いつくのは、……「冷たい風」とか。

尾崎　そうね。

夕子　……「やさしい風」。

雪子　……「かわいた風」。

尾崎　「かわいた」は「乾いた」でも「渇いた」でもいいわね。「渇いた」の方が心理的なものを出しやすいかもしれない。いまのところは、全部「風」の前につく四文字の形容詞。今度は名詞「風」の後ろについて、風のイメージを広げることばを挙げてみて。形容詞じゃなくてもいいですよ。

月子　……「風迅し」とか。
尾崎　「風荒れて」なんていうのもあるわね。
雪子　……「風の打つ」。
尾崎　もっと簡単に「風の過ぐ」とかね。みんな自然に五音にまとめているじゃない（笑）。まだまだ、これだけじゃないでしょう。形容詞というとどうしても「冷たい」とか「やさしい」とかになってしまうけど、風自体が自分の心理を表すこともある。そうすると、風に向かって歩むとか、「抗いて」とか。あるいは、自分じゃなくて「花が抗う」とか。これは擬人法ですけど。
虹子　「風が痛い」なんていうふうにもできますか。
尾崎　「風痛し」にすると五音でおさまる。ここで例えば「痛い」を生かそうとすると、どこに痛いかということを言う必要も出てくる。ただ風が痛いというだけではなくて、肌とか顔とか頬とか、そういう特定があったほうが生きてくるわね。
月子　「風痛き肌」で七音ですね。
尾崎　まあ慌てずに。まだまだあるわよ。「風騒ぐ」という言い方が昔からあるけど、近いことばで「風さやぐ」「戦ぐ」などもあるでしょう。
雪子　「戦ぐ」で「そよぐ」と読むのですか。
尾崎　あら、知らなかった？　面白いでしょう、「戦」という字をあてるのよ。それで「戦」に「く」

と付くと、「おののく」と読む。

雪子　「おののく」の方は何となくわかりますが、「そよぐ」というとやさしく揺れているようなイメージなのに、どうして「戦」という文字なのでしょう。

尾崎　私もずっと不思議だったんですけど、たまたま『古事記』の中に「風さやぐ」ということばがあって、「さやぐ」から「そよぐ」は出ているんですけど、そのもとの「さやぐ」というのは不穏な風を意味しているということを知ったんです。いまは「さやさや」なんていうとすごく爽やかな感じなんだけど、「さやぐ」とか「そよぐ」というのはもともと戦闘態勢、不穏を表すことばだったんですよ。

夕子　語源までは知りませんでした。そういうのを知っていて使うのと知らないで使うのとでは大きな違いですね。

尾崎　そうなのよ。知らないで使うのと、知ってて今風に使うのとは違う。

雪子　そういうことばをたくさん知っていてちょっと使えたらそれだけで歌がグレードアップしそう（笑）。ことばのストックを増やしておくのは大事なんですね。

尾崎　だから、何でも読んでおく方がいいですよ。明治時代のものでも、森鴎外とか夏目漱石なんかのことば遣いはすごいと思うし、心理的な面で表現のうまいのは樋口一葉。それから私はやはり『万葉集』を読んでおきなさいといつも言うんですけど、『万葉集』でも有名な柿本人麻呂とかだけではなくて、普通の人たちが詠んだような歌が集められている「類聚《るいじゅ》」、たとえば「梅」なら梅で歌が集めてあるような、そういう所を読んでおくと、ことばの使い方というのが、ものすごくよく見えてくるわよね。そうするといま「風」でやっているけど、風だけではなくて、風を表すことばでほかの状態まで表せる、風を詠んでいるんじゃなくて風を受けている自分の心理とか、いくらでも広げることができる。

短歌は「エッセンス」

月子　作歌の技術とは少し離れるのですが、五と七のリズムは私たちにとって自然というか、心地いいですけど、そもそもどこから出てきたんでしょうか。

尾崎　例えば皆さんがいわゆる「歌謡曲」を耳にすると、なんとなく覚えてしまうでしょう。ニューミュージックは又別ですけど。それは、リズムが五と七だからなんですね。どこかに五七が入っている。古いところでは寺山修司が指摘してたけど、「有楽町で逢いましょう」とか。これは「七五」ですけど、あとは交通安全の標語とか、ほとんど五と七の組み合わせですよね。だいたい歌謡というのは「七五」だし、『明星』の初期に出ているような新体詩もそうです。それで、七五の新体詩の形はどこから来ているかというと、中世歌謡なのね。

月子　中世歌謡というと？

尾崎　『梁塵秘抄』とか、もう少しあとだと『閑吟集』とかそういう系譜。それがもうちょっと庶民のあいだに広がった江戸時代の長唄や常磐津、なかには例えば……このごろではいないかしら、バーなんかにいくと弾き語りしてギター抱えながらお金を貰っていく人というのが昔はよくいたわよね。いわゆる「流し」。そういうのが江戸時代にもあって、「投げ節」といって三味線を弾いて歌っていた人たちがいたんです。

雪子　では、日本における歌謡のルーツは七五だったということですか。

虹子　七五が先なのではなくて、五七五七七という短歌の形が先にあったんですよね。

尾崎　そう。最初に五七五七五七五七で最後を七七で止める長歌というものがあって、それを一気に短く中心を言おうという形で、五七五七七の短歌が生まれているから、短歌というのはいわばエッセンスですね。それが五七五と七七に分かれて、できあがっていったのが連歌。五七五と七七をそれぞれ受けてつなげていくことで、二つ前の文節からは離れて違う世界ができあがっていく……。

「五七」か「七五」か

虹子　そうすると、もともと連歌でひとつだったものが、短歌と俳句に分かれたのはどうしてですか。

尾崎　いろいろな要素はあるけれど、もともとはその場にいる人が即興で下句の七七で問いかけたり、あいさつしたりすると、相手が五七五と返す、というようなものだったのですね。この形式は古代にもあったのよ。それがだんだん長くつながって、連歌に発達するの。お花見の時にお公卿さんが花の歌の半分を五七五、と歌うと、まわりの地下《じげ》（一般人）の見物客から七七、と付けたりするわけよ。和歌が堂上《とうしょう》（公卿）のものだったのが、一般民衆の間には連歌がどんどん発達したのね。和歌をつくる人を柿本衆《かきのもと》なんて言ったらしいけど、花の下で連歌をする人を「花の本衆」といって、まあ、有心連歌《うしんれんが》といわれる、和歌的な連歌が流行した。人麻呂の「柿本」をもじっているわけだけど。

ところが、それに対して、無心連歌という、笑いや諧謔を取り込んだ狂歌風の連歌をつくる「栗本《くりのもと》」なんて名乗る連中が出てくる。これはふざけているもので、いわば男の人の世界なわけですよ。女の人の世界というのは、私に言わせると笑いや遊びがなくても済んでしまうの。男の人はやっぱりブラックユーモアとか皮肉とか諧謔とか滑稽とか、そういうものが好きでしょう。それで俳句が生まれていく。

だいたい、俳句というのは「俳諧連歌」のことで、俳諧の「俳」はもともと「誹」、「そしる」という意味で、「諧」の方は「諧謔」の「諧」、「おかしみ」。だからことばで結構たのしむわけ。

それがだんだんと「侘び」「寂び」というようなものになって、文学的にしたのが芭蕉。俳諧の気分というのがだんだん排除されていってしまったんですけどね。

夕子　確かに、芭蕉の俳句は文学的ですね。

尾崎　そういう俳諧のようなおかしみとか皮肉の部分、要するにブラックユーモア的なものがどんどん消えてしまってつまらないというので生まれたのが、狂歌や川柳。

月子　みんな、もとはひとつだったんですね。

尾崎　そう。たとえば俳句は俳諧連歌の最初の「発句《ほっく》」の五七五が独立したものなのよ。とにかく、五七五七七というのは、いろいろなものの「もと」だと考えたらいいと思います。

虹子　でも、「五七」と「七五」とでは、ことばの印象が随分違うような気がしますが。

尾崎　いいところに気が付きましたね。五七調はどちらかと言うと音楽にたとえるなら長調、メジャーなんです。一方の七五調というのはちょっと悲劇的な味わいがあるというか、哀愁があるんですよ。短調、マイナーよね。それは多分、上が大きくて下が小さい方が不安定だからじゃないかしらと思うんです。上に五があって下に七がくるとどっしりして危なげがないんだけど、上に七があって下に五があると、何か上がぐらぐらしたような感じ……、それは人間の心のゆらぎに似た所があるから、歌謡曲のように、人情に訴えるようなものは七五の方が合っているんでしょうね。長唄なんかも七五だし、それ以前の謡曲もほとんど七五になっている。

そこに行き着くまでのたとえば『平家物語』みたいに琵琶法師が唄う物語でも、『太平記』の「落花の雪にふみ迷ふかた野の春の桜狩り紅葉の錦を着て帰る……」の「道行文《みちゆきぶん》」なんかもそうですけど、みな七五七五。だから物語唄風の作はみんな初めから悲劇性みたいなものを持っていると言えるでしょうね。

虹子　そうすると、同じ五七五七七でも、七五の方を生かすか五七の方を生かすかで全然感じが違ってきてしまいますね。

尾崎　そう。五七、五七、七とすると割に明るい感じになって、五、と外しておいて七五七、七となるとちょっと沈んだ感じがする。そういうことばの持っていきかたも、頭のどこかに入れておくと、つくりやすいかなという気がします。

感覚を磨く

月子　話は変わりますが、たびたび先生のおっしゃる、「詩的真実」というのは、「写実」とはどう違うのですか。

尾崎　普通の生活をしてきて歌をつくりたいという初歩の人たちは、写実の「実」を「事実」だと思ってしまう傾向がありますね。

月子　違うんですか。

尾崎　事実の重みというのは確かにあります。だけど、その事実をただ描写するというのではなくて、ものの本質に迫ったことを言おうと思ったときには、事実を叙述するのではぐるぐる回りしてしまって中に入っていけないんですよ。事実は物事そのままでしょ。真実はその奥にひそむ物や事の「本質」っていったらいいのかな。感受性というのは十人十色なんです。私は誰にでも歌の才能というものが与えられていると思っているんですけど、その「質」は全員違います。だから、「あの人うまいから私もおなじようにつくってみよう」というのでは単なるコピーにすぎなくて、自分がどういう「質」を持っているのかということに早く気が付くかどうかが、勝負じゃないかしら。

虹子　そうしますと、短歌における「詩的真実」というのは何でしょうか。

尾崎　それは難しい質問ですね。フランスの詩人・思想家のヴァレリーが言っている「天の啓示の輝ける瞬間」というようなものを感じるかどうかということだと思うんですけどね。要するに、同じことを見ていてもそれが現象としてしか見えないとか事柄としてしかとらえられないという人も多いと思うけど、本当の詩というのはそうではなくて、それから啓示を受ける、天の啓示……天から与えられるもの、はっと光って目の前が開ける、そういう輝ける瞬間、それを感じられるかどうかということじゃないかしら。

月子　なんだかとても難しいですね。

尾崎　どう考えたらいいかしら……。まず、素直じゃないといけないと思います。素直というのは、「いい歌をつくろう！」とか、そういう気負いを持たずに、素直に自然と向き合うというか……。実はつい最近、ホテルに缶詰になって原稿を書いていたときに、うまくいかなくてへばっていたら、声が聞こえてきたんです。まず「休むべし休むべし」とあって、それから「ことばは汝のつくるものにあらず」「風を聞け、光を見よ」と。

虹子　なんだかすごい話ですね。

尾崎　でも、ものを書いているとそういうことがある。よく、「ことばが降ってきた」なんて表現している人がいるでしょう。それに近いと思うんですけど。最近、「ことばは要らない」ということもよく言われるけど、ことばは要る。要るんだけどそのことばというのは多分、自分がつくり出したり紡ぎ出すものじゃないのよね。自分が紡ぎだしているというような自負は余計なことよね。いろんなことを考えたり見たり聞いたりしていると、神様かどうかしらないけど、誰かが与えてくれるというか、眼を開かせてくれて、それから書かせてくれる。自分の力じゃないんだよということを教えられたような気がして、「ああ、そういうことなんだなあ」と思いました。

虹子　やはり、巫女みたいなものなんでしょうか。

尾崎　詩人は一種の巫女なんでしょうね。ことばに出すというときに、ことばを選ぶ技術がいっぱいあるわけだけど、実は選んでいるのは自分じゃなくて、選ばされているのかもしれない。

虹子　でも、自分を通して出てくるものなんですよね。

尾崎　そう。自分がいなければ出てこない。天の啓示の輝ける瞬間というのは、ことばがぱっとはまるような瞬間のことじゃないかしら。「表現しなければ」という義務じゃなくて、気が付いたら出てたというのが本当なんでしょうね。でも、そこまで追いつめていくのが実際は締切であったり、行数の制約であったりするんですけどね。

夕子　頭で考えて無理矢理つくってはいけないということですか。

尾崎　つくっちゃいけないの。でも、降ってくることばや湧いてくることばを受け止めるためには、それを受けとめる研ぎ澄まされた神経がないとだめ。そうじゃないとどんどん流れていってしまう。そのためにはつまり、たくさんのことばを既に自分が習得していないと、そのことばを摑まえられないのよね。

虹子　短歌でも俳句でも詩でも文章でも、みんな同じなんですよね。

尾崎　みんな同じでしょうね。「テトリス」というゲームがあるのを知っている？　画面の上から図形が降りてきて、空いているところに回転させたりしながらはめていくゲーム。あれに似ているなという気がしますね（笑）。降ってくることばを瞬間的にとらえてはめていくというのは技術でしょうね。

虹子　そこまで自分を持っていくというか、その状態にするというのがなかなかできないんですよね。

尾崎　やはり修練がいる。ただぼけっと待っているのではなくて、そっちにいつも眼を向けて、失敗もたくさんしないと、本当にはまったかどうかというのはわからないいんじゃないかしら。

たぬ子のワンポイント・アドバイス⑥

流行語は使わない

五七五七七の型が身についてくると、さて自分らしさを出そう、そのためには、なるべく正確に表現しよう、という段階に誰でも到達する。その時注意したいのは、他の作者の表現が巧いな、と思うと、すぐに自分の歌にもとり入れようとすること。いわゆる模倣である。習作中は模倣も結構。しかし、そこには自分の工夫と努力が欠如していることを自覚しないと、その先が拓けない。安易な模倣は流行を生む。流行語には手垢がついていることを、きちんと弁別するセンスを持とう。とくに中高年の女性に多いのだが、「……したかもしれぬ」という甘い結句が多いので、NHKの選歌などで目に余ると思った経験がある。他の言い方、工夫しないのでしょうか。昨今TVで「千の風」の歌謡が流行すると途端に「千の風」の歌がふえる。そんな安直さは厳禁です。

Lesson 19

ことばの世界を広げる

尾崎　さて、それでは宿題を出していた、みなさんの歌を拝見しましょう。題は「風」「うつる」「歌」「闇」でしたね。まずは、

「ボルドー酒グラスに映る酔眼の七里ヶ浜の夜の漆黒」。これは月子さんね。

月子　はい。どうも、歌謡曲というか、ニューミュージックの歌詞のようになってしまうんですけれども。

尾崎　なかなかいいですよ。下の部分がとてもいい。ただ、「酔眼」を言う必要はないかな。要するに、酔眼で見ているのが「七里ヶ浜の夜の漆黒」でしょう。それがグラスに映っている。だから、「酔眼」まで言う必要はないかしらね。酔眼でないと漆黒に見えないわけでもないでしょうし、おそらく、ボルドー酒のグラスから何かが立ってきて……とか、そちらに中心を置いた方がいい。

月子　それは、グラスについてもう少し具体的に言うとかですか。

尾崎　例えば、「ボルドー酒のグラス冷たし」というようなことを言う。そうすると持ってい
る感じ、体感が出てくる。さらに、「ボルドー酒のグラス冷たし窓外は」とか、そういうふう
にすると自分の居る場所がはっきりとするでしょう。

月子　場所を忘れていました。

虹子　先生、この場合は、窓の外に必ずしも実際に七里ヶ浜の漆黒がなくてもいいのですか。

尾崎　この歌の場合は、実景でしょう。

「ボルドー酒のグラス冷たし窓外は七里ヶ浜の夜の漆黒」。「窓外」としたことで、自分がど
こからその光景を見ているかということが明確になる。別に「窓外」でなくてもいいんですけ
ど、場所の限定をすることでよりはっきりしてくる。

夕子　「五つのW」の一つですよね。

尾崎　そうです。いつも言いますけど、「いつ・どこで・だれが・なぜ・なにを」を踏まえる
ということ。この場合は、グラスの冷たさに中心を持っていって、ただしイメージとしては「夜
の漆黒」ということばが非常に強くてきれいだから、「グラスの冷たさ」と「夜の漆黒」で対
比が出て締まってくる。「酔眼」だと締まらないでしょう。

月子　はい。

尾崎　「場所の限定」をなるべく意識してみてくださいね。さて、次は夕子さんの歌。

「亡き母も慈しみおり木蓮は夕べの闇にたしかに香る」。これも下の部分の「夕べの闇にたしかに香る」がいい。しっかりしている。「たしかに香る」という言い方で、ここにしっかり存在しているということがわかりますよ。

夕子　ありがとうございます。

尾崎　そこで上の方なんですけど、「慈しみおり」というと現在形ですよね。これでは、「慈しんでいる」なのか、「慈しんでいた」という過去のことなのか、時制がはっきりしない。だから、「慈しみたりし」で過去形とか「慈しみたる」で完了形にしてしまう。それから、「亡き母も」の「も」は「の」がいいでしょうね。「も」というと、何かひとつあって、「何々も」というときに使いますから、「亡き母の」にしましょう。あるいは、「も」を生かしたいなら「亡き母も慈しみをらむ」という言い方もできますよ。

夕子　時制は過去がいいです。

尾崎　そうすると「亡き母の慈しみたりし木蓮は」がいいでしょう。「白蓮」と「木蓮」だったら、やはり「木蓮」の方がいい。

夕子　実際は白木蓮だったんです。

尾崎　それなら、「白木蓮」と言って切る。

「**亡き母の慈しみたりし白木蓮夕べの闇にたしかに香る**」という具合。少し破調になるけど、下がしっかりしているからいいと思いますよ。

夕子 本当に、少しことばを変えただけなのに、すごくよくなりました。

尾崎 自分でいろいろなことばをはめてみること。できたと思って満足してしまってはだめなんですよ。

条件結果を使う

尾崎 次は雪子さん、旧カナですね。

「**闇にゐてやみの形を知らざらむ半歩うしろにうづくまりをり**」。面白いですね。感覚的で。ただ、「知らざらむ」というのは「きっと知らないだろう」という意味になりますけど。

雪子 「わからない」という意味で使いたかったのですが。

尾崎 それなら、「いかならむ」ぐらいかしら。これは「どうだろうか」という意。それから、「半歩うしろに」というのも、何が何の半歩うしろなのかちょっとわからないですね。「うづくまりをり」というのも、闇が蹲っているのか自分が蹲っているのかわからない。これは闇ですよね。

雪子　そうです。

尾崎　闇の中にいると闇のかたちがわからない。抜け出すと、半歩うしろに蹲っていると言いたいんじゃないかな。そうだとすると、もう少し工夫が必要ですね。「闇にゐて」は「闇にをれば」という条件結果にしましょうか。「条件結果」とは、何々だからこうである、ということですね。

「闇にをれば闇の形は見えざらむ半歩うしろに闇うづくまる」ともう一度「闇」を言ってしまう。意味はすごく面白いんですよ。

虹子　そういう闇を感じるときってあります。何だかぞくっとします。

尾崎　言いたいことはすごくわかる。これは表現の方法の問題ね。「ゐて」というのを「をれば」にして、「闇にいたらわからないだろう」というふうに条件結果を使う方がはっきりしますね。

それから、主語がないときには「私」になるということは前から言っていますよね。

雪子　そうなんですよね。つい忘れてしまうんですけど、主語を入れたいときはあえて補わないといけないのでした。

尾崎　この場合、「闇」を繰り返すことで余計に「闇」が強調されて面白い。あるいは、「闇にゐて闇の形は見えざりき」と過去形にしてしまう手もある。そうすれば条件結果にしなくても意味はわかりますね。その方がわかりいいかも。

「闇にゐて闇の形は見えざりき半歩うしろに闇うづくまる」。

新カナと旧カナ

夕子　あの、今の歌、旧カナで、とてもいいと思いますけど、文語体だと旧カナの方がいいんでしょうか。

尾崎　そうね、現代カナづかいで育って来た人に、いきなり旧カナをつかえ、っていっても無理よね。口語体の短歌だと、「カナづかい」も「文法」も、若い方々にはらくでしょうね。いずれは現代語風な、口語脈の歌がふえてくるでしょう。明治時代でも啄木なんかは、口語脈のことばを生かしているし。

虹子　でも、口語だと何だか緊まらない感じもしますね。

月子　だらだらしちゃう……。底が浅い感じというか。

尾崎　それを感じとるのって、大切なことなのよ。だから、短歌は「定型をもつ現代詩」ではあっても、伝統的なことばづかいを、「詩語」として大切に扱っているの。「しゃべりことば」の口語そのままだと、無駄も多ければ的確な表現もしにくい。俗語風になり易いわけ。文語体の中でも古めかしい言い方でなくて、ぴしっと極まる表現だけを「詩語」の表現として使っているのよ。

虹子　そうすると、文語風なことばを使うと、旧カナを使うことになりますか。

尾崎　今は過渡期でもあるし、どちらを使っても自由、ということに大体なっているの。でもね、文語脈を新カナで書くと、いろいろめんどうが出てくるのよね。

月子　たとえばどういう?

尾崎　そうねえ。たとえば「若葉耀《かがよ》ふ街に出《い》づ」というフレーズを考えてみて。これ、新カナだとどう書く?

夕子　「若葉耀《かがよ》う街に出ず」でしょうか。

尾崎　そうそう。「耀《かがよ》ふ」の表現は、旧カナなら「耀はず」「耀ひて」「耀へば」のように、「ハ・ヒ・フ・ヘ」って語尾変化するでしょ。だけど新カナだと「耀わず」「耀いて」「耀う」「耀えば」って、「ア行」の活用になってしまうのね。それでもいい、っていう人は文語脈新カナでも結構よ。でもまあ、私なんかは、あまり好かないわね。だって、口語脈の文体なら、「耀わない」っていうんでしょうけど、そんなことば、使わないもの。

虹子　「耀う」でなくて「かがやく」くらいでしょうね。口語体なら。「輝きのない」とか。「耀う」っていうことばは、やはり文語脈の単語なんですね。きれいだけど。

月子　文体とカナづかいの問題って、難しいんですね。

尾崎　もうひとつ、一番困るのが新カナで「出ず」って書いてある場合。

夕子　「街に出《い》ず」。

月子　「街に出《で》ず」。あ、ほんと。「出る」のか「出ない」のか、わかんない。

虹子　「街に出る」「街に出ない」正反対になりますね。

尾崎　口語なら「街に出る」というところでしょうけど、そこは文語脈の「街に出づ」としたい人が結構多いのよ。だけど、それを「出ず」と新カナで書くと、「出《いで》ず」に読めちゃう。そこだけ旧カナにしてくれ、っていうのはムリよね。新カナ旧カナは、使い易い方を使って構いませんけど、混ぜて使うのはやめてよね。

虹子　先生は全て旧カナですね。

尾崎　そう。一時期新カナを用いていた岡井隆や馬場あき子は私と同世代だけど、今は旧カナに戻ったわね。試すことは構わないと思いますよ。わからなかったら辞典をひくこと。『広辞苑』は新カナで引くけど、旧カナも載せています。小さなカタカナですけどね。『古語辞典』の小さいのも一冊持つといいわね。

時の限定

尾崎　では次、虹子さんの歌。

「むくどりの枝うつるたび風立ちてつばき音なくふみ石の上」。「つばき音なく」というのは、椿が散っているのかしら。落ち椿かしら。

虹子　むくどりが椿を落としていくんです。

尾崎　なるほど。そうすると、「風立ちて」がちょっと強いかもしれない。羽風《はかぜ》なのかな。あと、「つばき音なくふみ石の上」だと、「結果」がないですよね。序破急の「急」とか起承転結の「結」の部分をおさえてくださいね。この場合はふみ石の上に椿の花が「落ちる」わけでしょう。「落ちる」まで言わなくてもいいんだけど、「ふみ石の上」だけだと、因果関係がちょっとわからない。自分ではもちろんわかっているんだと思いますが、読む方にはわかりにくいかもしれないですね。

月子　何となく情景は浮かびますけど……。

尾崎　それから、「たび」ということばを使っていますけれども、「何度も何度も」ということも強く言いたいことかしら。

虹子　いいえ、それはそんなに……。

尾崎　むしろ、椿が落ちる一瞬を見た、という方がいいかもしれないですね。何度も何度もだとちょっとぼやけるかもしれない。

虹子　はい。それで、椿が落ちる一瞬に中心を置くとなると……。

尾崎　まず、「むくどりの」は「むくどりが」にしてしまう。それから、「音なく」もやや言いすぎ。「落ちたり」ぐらいでいい。

「**むくどりが枝うつるとき風立ちてつばき落ちたりふみ石の上**」。これだとはっきりするでしょう。

虹子　本当ですね。

尾崎　この椿は赤いかしら、白い椿かしら。

虹子　ええと……。ただ「椿」ということを言いたかったんです。

尾崎　短歌ではイメージを人に伝えるということが大事なのよ。人に伝えるときに、椿の赤が見えたのか白が見えたのか、そういう「ｈｏｗ」の部分、「どのように」を、はっきりさせた方がいいわね。

虹子　難しいですね……。

尾崎　難しくないですよ。自分が伝えたいイメージをことばにすればいいんですから。読み返してみてどうですか。

虹子　やはり、「風立ちて」が強い気がします。

尾崎　そうね。実際はむくどりが椿の花を落としたんでしょう。これだと、歌全体に「風立ちて」がかかってしまうからやはり強い。椿が落ちるときにも風が吹いてきて、ともとれるから変えましょう。これは、「たび」をやめた方がいいと言ったのと同じで、ある一瞬を掴んだ方がいいということ。「時の限定」ですね。

虹子　なるほど。

尾崎　あるいは、「むくどりが枝うつりたる一瞬に」というふうに、時そのものを入れてしまう方法もある。そうするとその一瞬に中心が行くから、椿が紅でも白でもかまわなくなるでしょう。

月子　確かにそうですね。

尾崎　反対に、私がさっきからこだわっている椿に中心を置くなら、いっそ「むくどり」もやめてしまって、

「**鳥が枝をうつる一瞬紅《くれない》のつばき落ちたりふみ石の上**」とする。

夕子　「一瞬」でずばっと切るんですね。

尾崎　こういうふうに小刻みな言い方をすることで、歌全体が締まってくる。要するに、「むくどり」ということばの音自体が内向きなの。

夕子　「鳥が枝を」というとはっきりしますね。

雪子　これだと、本当に椿の落ちる一瞬を見た、という感じがします。

尾崎　ただ、むくどりに中心を置くか、椿に中心を置くかはご自分のお好みで、どちらでもい

いと思いますよ。ただ、「椿が落ちる」ということには、誰もが持つイメージがあると思うんですよね。だから「音なく」まで言わなくてもいいだろうと私は思う。

虹子　ああ、確かに。椿と言えば、ばさっと落ちますよね。

尾崎　里見弴の短編に「椿」というのがあって、床の間に飾ってある椿がばさっと落ちる、という場面が出てくる。

月子　なるほど。イメージを伝えるということは本当に難しいですね。

尾崎　そうですね。イメージを相手の脳裡に映すと思ったらいいんじゃないかしら。

心理詠の技法

尾崎　さて次は、

「闇の奥何か待ち居る気配して歩み進めりこころ安けく」。これも虹子さんですね。とても面白い歌ですよ。これは上の方がいい。「闇の奥何か待ち居る気配して」確かにそういう感じってありますよね。ただ、「歩み進めり」というところ音の数が三・四で、少したるんでしまうわね。それに文法的には、歩みを進めたという意味なら、「歩み進めたり」か「進めぬ」でないと。

雪子　少し言いにくいですね。

尾崎　それから、よく読むと「闇のなかに何かのいる気配」がどうして「こころ安けく」なのかと思いませんか。

月子　確かに、闇というと不安や恐怖を連想します。

尾崎　普通「闇」だと「こころ安けく」にはすぐには結びつかないですよね。この場所はどこですか。家の中か、森とか海もあるでしょう。

虹子　これは心象です。心の実感。いまの自分なんです。

尾崎　なるほど、自分のなか、内部ね。それだったら、それこそ「わが闇」とか「わが内の闇」という言い方をしないと、普通に読む人にはわかりにくいわね。それに、不安感なのか、期待感なのか、そのどちらなのかもよくわからない。

虹子　いまは明るいところを歩いてはいないけれども、決してこの闇がずっと続くわけではないなという感じでいる、という意味なんです。

尾崎　そうすると下の方ももう少し工夫したらどうかしら。そうでなければ最初に「闇を歩く」と言ってしまうとか。むしろそういう象徴的、心理的なことだったら、最初に「闇のなかを歩いているいま」のような言い方が出てくるとわりあいと共感を呼びやすいかなと思うんですよね。

虹子　そう言われるとそうですね。

尾崎　そもそもね、一句か二句目ぐらいでその人の居場所みたいなものがはっきりした方がいいんですよ。「これは心理詠なんだ」ということがはじめにわかったほうがいい。だから、「われの闇」とか「わが闇」とか言ってしまう方法がある。わが闇を歩んでいった向こうに何かが待っていると確かに思っている、ぐらい。

月子　そうすると歌の印象が、がらっと変わりますね。

尾崎　あと、「歩み進めたりこころ安けく」だと心理状態としては言い過ぎなんです。むしろ言わない方がいいぐらい。あるいは、「内なる闇」とか「闇のごとき内を歩いている」とか、ちょっと屈折した言い方をした方がわかりやすくなる。ここはやっぱり工夫がいりますね。

夕子　どんな工夫ですか。

尾崎　闇に対して光を持ってくるのは安直なようで嫌ですけど、明るむ何かが確信できると言っておいて、内なる闇の奥に待ち居るは何、などというように対比させるとより際立ちますね。期待感が出てくるというか。短歌の技術の特徴は短いことばを生かすことなんですよ。だから、説明してはだめなんです。ある種、象徴してしまわないと。

月子　単語でということですか。

尾崎　そう。だから、森の闇とか街の闇とか外にある闇ではなくて、「わが内なる闇」といえば、これはもう薄い闇だとか濃い闇だとか言わなくてもいいですよね。

虹子　どう直したらいいですか。

尾崎　「**人知れず抱うる闇の遠くにて何かがわれを待ちいる予感**」とか。これはこれで置いておいて、別につくってみたらどうかしら。とらえているところはすごくいいと思いますから、もうすこし角度を変えてつくってみてください。置いておく、のは大切なのよ。三年位して、ぱっとうまくことばがはまることがある。少しうまくなったらつい言い過ぎてしまうのよね。それをできるだけ削る。複雑なことを言おうとすると印象が薄れてしまう。

作者が読者になる

雪子　自分の歌に入り込んでいると、どうしても客観的に見られないんですけど、それをチェックする方法というのはありますか。

尾崎　一つ伝授しますとね、出来上がった歌は自分で暗誦できるようにするということ。逆に言うと、自分で暗誦できるぐらいの歌をつくるということが大事。つまり暗誦できる歌というのはいい歌なのよ、実際。それを、鏡の前で言う。

月子　つまり、紙に書いたものを見ないで言うということですね。

尾崎　もちろん。鏡に向かって紙を見ないで言って、耳で聞いただけでわかるかどうか。

虹子　そういえば先生はよく、ご自分の歌だけでなくいろいろな方の歌をすらすらと諳んじておいでですけど、耳から覚えていらっしゃるんですね。

尾崎　そう。耳から入ってくるんです。だから、自分でも間違えて言ってしまうような歌は、どこか詰めが甘いということなのよね。私の歌にもあるんですよ。「**時を経て相逢ふことのもしあらば語ることばも美しからん**」という歌なんですけど、もともとは「年を経て」だったんです。いつのまにか「時を経て」と自分で言っているの。

夕子　「時」の方がしっくりくるということなんですね。

尾崎　そう。若山牧水の有名な白鳥の歌があるでしょう。

虹子　「**白鳥《しらとり》はかなしからずや空の青海の青にも染まずただよふ**」ですね。

尾崎　あれも、牧水自身が別に書いているのがあるんですよ。「海の青空の青」とか、変形している。「海のあを」ではなくて「みづのあを」と書いた色紙もある。でも、結果としては「空の青海の青」というのが定着したようですね。印象的ないい歌よね。つまりそうやって変形していくということは、まだ決まっていなかったということですよね。

虹子　「海」と「水」では随分違いますね。

尾崎　違うでしょう。あと、もう一つ自分の歌を客観視するためには、作者が読者になるということですね。つくる側にはどうしても思い込みがあるでしょう。もし自分が読者だったらこの意味が通じるかなと思って読み返す。

雪子　一度思い込みを捨てなければならないですね。

尾崎　そうですよ。そうすると、たとえば、最初に紹介した月子さんの「ボルドー酒グラスに映る」という部分について、「何が映っているの」というふうに感じるでしょう。

月子　確かにそうですね。

尾崎　そういうことを確かめるためには、自分が読者としてその一首をぱっと見せられたときにどう感じるかということを考えないとだめなんです。ただ、一方で、歌というのは発表してしまうと独立して歩き出してしまうから、読者がどう自分に引きつけて解釈しようと、それはもう自由なのよ。もしどうしても違うふうにとられたくないなら、きちんと伝えるようにしないといけない。

虹子　そうですね。しかも、あまり複雑なことはうまく伝わらない。

尾崎　短歌というのは器が小さいでしょう。アフォリズム（箴言）なんかに近くて。でも、禅語みたいにちょっと聞いただけではわからないというのとはまた違う。だから、つくる方としては短いことばでできるだけ深いことを伝えるということを心がける。

夕子　短いことばで深くというのは、日常でも本当に難しいです。

尾崎　ことばを多く使っても必ずしも深いことは伝わらない。でも、不要な部分をほとんど切り捨てたことばでも、すごく深いものを伝えることができる。それが技術。あとはいつもいうように、「ことばとことばのつなぎ目から立ちのぼる香気のようなもの」をとらえること。これは佐藤佐太郎の名言なんですけど、ことばを選ぶと同時にことばのつながり方も大事なの。入れ替えたり、あいだの助詞や助動詞を変えることで深みを増すということが、やりはじめて実感としてわかってくると非常に面白いと思いますよ。

虹子　ことばを変えると歌の印象が変わるというのは実感しています。

雪子　私はことばを選ぶときに、「あ、自分はこのことばは好きだなあ」とか「これは嫌いだなあ」と感じるようになりました。ただ、それがいいことなのかどうかわからないんですけど。

尾崎　ことばの選び方って、好き嫌いでいいと思う。「好きですから」と言ってしまえば誰も文句言えないでしょう。それに、好きなことというのは苦しくても乗り越えられるものでしょう。何やったって必ず苦しいことはある。でも、壁に当っても好きだったら我慢して乗り越えられる。だから、自分の「好き」という気持は大事にしていいと思いますよ。それに、「私これ好き」という人が増えれば、それが共感なんですから。月子さんはどうですか。

月子　肩肘張らずに、日常のことばでいいんですよね。

尾崎　日常のことばそのものよりも、日常のことばを磨いて使うこと。

月子　そうでした。

尾崎　まず楽しむこと。遊ぶこと。ことば遊びをして、イメージを飛ばしてことばの世界をひろげていけばいいんですよ。なにしろ短歌の息づかいができるようになると楽ですよ。ことばは息づかいなんですから。

虹子　ゴールはないんですよね。

尾崎　そう。とにかく、たくさんつくりましょう。だいたい、つくるのが片っ端からいい歌になるわけないじゃない。百年後に一首か二首、残ればいいぐらいの気持で気軽にやること。短歌の上達は、緩やかな登り坂ではなくて、階段なの。壁にぶち当たっているなあと思っているうちに上にあがっている。その繰り返し。これで、五とか七のことばが断片で浮かんだら、しめたもの。文芸というのは鍛錬です。これからも、楽しみながら歌をつくっていってください。

一同　どうもありがとうございました。

Lesson
番外編

特別対談

「わたくし」の生《せい》のことば

穂村弘×尾崎左永子

現代歌壇の若い世代のリーダーとして人気のある穂村弘さんとの対談を、番外編として加えさせて頂きました。日本の戦後、一番つらい時代に十七歳で作歌をはじめた尾崎左永子と、高度成長期に生まれ育った穂村弘氏とが、短歌という小さな詩型を共有することで、世代を超え、人間として短歌を、ことばを語り合えるというのも、素晴しいことだと思います。ちなみにこの二人、NHKTVの「短歌スペシャル」で時々同席している仲です。

（尾崎）

穂村　弘（ほむら・ひろし）

1962年札幌市生まれ。上智大英文学科卒。90年歌集「シンジケート」（沖積舎）でデビュー。近年、エッセイストとしても独特の魅力で注目されている。絵本翻訳も多数。

尾崎左永子（おざき・さえこ）

短歌の「わたくし」性

尾崎　対談で歌人の方とお話するのはなかなか機会がないんですよ。

穂村　何だか緊張しますね（笑）。

尾崎　穂村さんはなぜ短歌を始められたんですか。アフォリズム（箴言《しんげん》）とか、広告のコピーみたいな簡潔性もあるからでしょうか。

穂村　子供の頃からそういったようなものは好きでしたし、小説の冒頭に一行抜き出されているエピグラムなどにも惹かれましたね。でも、ギャグや冗談みたいなものも好きで、そういうのを手帳に書き込む癖がありました。

尾崎　ご著書の『短歌という爆弾—今すぐ歌人になりたいあなたのために—』（小学館刊）で「世界と自分とを決定的に変えられるような何か」を探すなら短歌をつくってみることだと書かれていますね。「必要なのは、今ここにいる自分の想いや感覚、夢や絶望を、最高のやり方で五七五七七の定型に込めること。それだけで短歌は世界の扉を破るための爆弾になる可能性がある」と。

穂村　大学生のとき、偶然図書館で読んでいた雑誌に林あまりさんの歌が載っていたんです。面白いなと思いました。本にも書いたんですけど、乱暴で新鮮というか、短歌といっても別に古いことばを使わなくてもいいんだ、これなら僕にもつくれるんじゃないかと思ってつくってみたんです。

尾崎 短歌のリズムは日本人にとって自然なんですよ。標語なんかもそうでしょう。

穂村 ええ、子供の頃の料理番組の冒頭に出た「愛情は塩にも勝る調味料」とか（笑）。

尾崎 散文と比べると音楽性が高い。でもそれを言い出すときりがなくて、音楽性が高ければいいのかという問題もある。例えば私の歌は「絶対に定型を崩していない」と言われるんですけど、自分では結構崩しているんですよね。

穂村 なぜ崩していないと思われるんでしょう。

尾崎 ひっかかりをなくして頭の中で口ずさめるように工夫しているからでしょうかね。

穂村 尾崎さんは佐藤佐太郎先生に師事されたんですよね。佐太郎は怖くなかったですか。

尾崎 もの凄く怖かった（笑）。なかでも批評で一番辛かったのは、「俗」と言われること。つまり、歌ではなくて歌をつくっている人間の感覚そのものが俗だと。これは人格否定に近かったかもしれない（笑）。

穂村 短歌の批評は人格否定につながりやすいですね。僕なんかしょっちゅうです（笑）。あと歌会の途中で泣いたり、怒って帰っちゃう人がいますよね。歌ではなくて自分が傷つけられたと思ってしまう。

尾崎　作品と作者の人格は本来は別物なんですけどね。
穂村　やはり短歌の一人称性ということと関係あるんでしょうか。
尾崎　「わたくし」性ですね。短歌においては、基本的に一人称が前提ですから。それに、短歌界には妙に宗教的なところがあるんですよ。だから私なんかは短歌に反抗して、何度も辞めようかと思いました。
穂村　なぜ作品を独立のものとして見てもらえないのか。
尾崎　仮託のことを書くと全て私自身に引きつけて言われてしまうし。それも不愉快ですよね。

茂吉の超えがたさ

尾崎　写実の問題はどうとらえていらっしゃいますか。
穂村　まず、近代が獲得した一つの短歌のシステムだということ。とはいっても柔道の受身の型とか、絵画のデッサンなどのようなセオリーではなくて、それよりは一つの流派のようなものに近い。だから絶対的なセオリーではないんですけど、近代以降の短歌ではそのシステムが挙げた実績が最大なのが事実ですね。
尾崎　それはつまり、写実が生まれた時代の歌は超えられないということかしら。

穂村　同じ書き方をしたら、絶対に斎藤茂吉は超えられないと思います。近代以降では茂吉に匹敵する面白さはないですね。そもそもあの書き方というのは、近代という時代の要請のなかで、皆が必死に「わたくし」をつかみ、獲得したものだから。漱石にしろ茂吉にしろ子規にしろ、何というか、時代が求める重圧のなか、リアルタイムでそれを摑んだ人たちと、後世、単に資産として学んだわれわれとの差は大きいと思うんです。

尾崎　なるほど。

穂村　頭の中でイメージを構築しても、それは限定された小さなパターン化されたもので面白くないんです。だから、外部、つまり自分の脳の外にあるものにふれないとならない。そのもっとも洗練されたシステムが写実でしょう。

尾崎　茂吉が言うところの「実相に観入して自然自己一元の生を写す」。

穂村　はい、自然とは外部のことだから、外部と自己が一元になるまで見よと、そこで自分の心に化学反応が起きたとき、詩のことばがつかめるはずだ……、と言っていて、茂吉は確かにできている。不気味なほど面白いですよね、茂吉って。

尾崎　茂吉には、確かに何かありますね。「超えがたき巨き巌《いわお》」としての存在感がある。

穂村　写実の内部にある「わたくし」とは、唯一人の人間が他人とは交換不可能な一度きりの生を生きて、二度とは繰り返せない、誰もが。わたしも、読者も……、という実感のことです

よね。たとえば茂吉の歌には、その命の実感のようなことばで、やたらと食べ物をいとおしそうにおいしそうに食べる歌がでてきます。それを他者が読むと、「また鰻食ってる」とか「味噌汁飲んでやがる、うまそうだなあ」とか。

尾崎　覚えちゃうわよね（笑）。「寒の蜆の汁吸ひにけり」とか。

穂村　自分以外の人も、唯一度きりの交換できない生を生きているのを知るのは快感なんですよ。たとえば、ぼくが尾崎さんのつくったこんな「わたくし」性の強い短歌を読むとする、「誰もいない夜中にこむらがえりを治そうとうめき声をこらえてた」というような意味の。

尾崎　そんな歌つくらないわよ（笑）。

穂村　ええ、例えば。すると、僕は「あー尾崎さんにもそんな夜があったか」と、不思議な快感を覚える。

尾崎　（笑）。

穂村　茂吉はそういう歌の連続で、魚の骨がのどに刺さったとか、蚊が瞼を刺したのでどうのとか、すっごくつまんないこと詠んでいる。でもそう言われれば、僕にもあるというような。せわしない現代生活の中では言語化されずに通り過ぎていく事柄をピックアップしてて、そういう歌を読むと何だかうれしいわけです。ものすごく小さな個別性の中に全身で突っ込んでいくことによって、結果的に普遍化するんですよね。

尾崎　人間存在そのものにまで突っ込んでいるからよね。

ことばの次元のシフト

穂村　写実の歌は、五七五七七の最後の七が爆発的に面白くなったりします。

尾崎　その「面白い」を解説してください。

穂村　尾崎さんの歌に

「氷雨降る街より入りし地下道に雛売られゐて夜のそのこゑ」というのがあります。外を歩いていて地下道に入ると、鳥の雛が売られている……、そういう状況だと思うんですけど、これなんかまさに五七五七まででは情景描写なんですよね。まるで映画を観ているように、雨が降っています、私は歩いています、地下道に入って傘を畳んで、あっ、雛が売られていましたということを言っている。ここまでのところにはポエジーというか、短歌の味みたいなものはないわけで、でも最後の七「夜のそのこゑ」に向けた準備が着々となされている。そして最後の七で爆発的に詩としての価値が生まれている。

尾崎　私としてはまったく意識していなかったんですけど、そう読んでくださいますか。

穂村　そこに至るまでは状況の説明で、「夜のそのこゑ」という言い方で一気に現場の臨場感を立ち上げているんですけど、茂吉にもこういうものがあったと思うんです。普通の散文における日本語の語法じゃない。「えっ？」という驚きというか、この短歌の味みたいなものがわかるようになればなるほど、茂吉にさかのぼる気がします。

尾崎　確かに茂吉には、つまらないなと思っていた歌があるとき急に立ち上がって忘れられなくなるということがありますね。

穂村　そういう奇怪な、ことばの濃度とか次元がシフトしているものが茂吉の歌にはよく出てくる。いずれにしても、日常の言語体系のなかでは学べないものですよね。

尾崎　散文と歌というのは明らかに使う脳が違いますね。まるきり思考回路が違うんです。放送の台本を書いているときは短歌がつくれませんでしたもの。

穂村　脳の機能は違う気がします。やはり散文に比べて短歌はぎりぎりの緊密性で成り立っているところがあります。

短歌の次のシステム

尾崎　私自身、短歌が本当に好きなんだとわかったのは六十歳くらいになってから。どうしても、短歌にがんじがらめにされているという思いが強かったから。でも、いろいろな世界でいろいろなことをしてきて、日本語の一番底には短歌があると感じるようになったんです。

穂村　いま尾崎さんがおっしゃった縛られる感覚というのは、近代国家や家というものが家長は家長なりに、嫁は嫁なりにというふうに人を縛った重圧と連繫したものだという気がするんです。そういうものは確かに嫌なんですけど、自分自身もどうしようもなく近代の末裔だなと感じることがあって、それは生きている証を残したいと強く思うところ。自己実現して、何ものかにならなくては、という感覚が強いんです。つまり、生きた証を短歌にのせる……というような発想なわけです。だから僕の短歌は「写実の短歌と全然ちがう」とよく言われるけど、自分ではそんなに変わらないよねと思う。その創作の発露という点では、茂吉も佐太郎も尾崎さんも僕も変わらないという気がする。じゃなきゃ、ことばを五七五七七にあてはめるなんて面倒くさいことしませんよ。

尾崎　近代以降はおそらくそうでしょうね(笑)。一方で、私たちがいま生きているこの時代と、定家の時代、八百年ぐらい間があるけれど、実はあまり変わっていないということも言えるわけ。実朝の

「大海《おほうみ》の磯もとどろに寄する波割れて砕けてさけて散るかも」の歌なんて、今のサーファーの感覚と変わっていないと思う。時代の舞台装置は変わっても、人の心は変わらない。不易流行と言うけれど不易の部分は古事記の頃から生きているんじゃないかしら。何をやっても五七五七七という完全な形に呑み込まれてしまうようなところがあるでしょう。前衛だって伝統に呑み込まれていくんですよ。

穂村　例えば、僕たちが映画を観るときに、「スターウォーズ」と小津安二郎のものを同じ日に観たりするじゃないですか。どちらが面白いのかと聞かれると、どちらも面白いわけですよ。結局、両者の世界におけるモードが違うんです。でも同じ人間が両方を観ても理解できる。短歌も同様なんです。五七五七七というフォルムは同じなのに、「これはスターウォーズだ、こっちはアニメーションだ、時代劇だ」とか。だから、歌を見たときに最初に感じるのはその「モード」の違いです。

尾崎　確かにそうかもしれません。

穂村　今、それこそ老若男女が短歌をつくりますよね。なかには「スターウォーズ」だけが短

歌だと思っている人も、小津にあらずんば短歌にあらずと思っている人もいるわけで、実際には混在しているから、それを読者の側は判断する必要がある。小津にもつまらないものはあるし、スターウォーズにも完成度の低いものはある。そうなると、前衛短歌への拒否反応などはもはや問題にならなくなってしまうんですよね。本当は怪獣なんていないのに、映画に怪獣が出てくるなんて邪道だとは誰も言わない。面白ければどっちだっていいんです。

尾崎　穂村さんはいろいろと短歌に出されてますよね。

『「酔ってるの？あたしが誰かわかってる？」『「ブーフーウーのウーじゃないかな」』のブーフーウーとかドラえもんとか。

穂村　使いたくなる自分がいるんです。

尾崎　私自身、ちょっと試してみたいというのはあります（笑）。それに、時代の影響は受けまいと思っていてもそうはいかないし、逆に『万葉集』のような歌をつくれと言われてもつくれない。

穂村　僕みたいに、生まれたときからテレビがあって育ってきていると、砂利とか泥とか、道端の落ち葉をじっと見るというような心の筋力は弱まりますよね。だって、退屈ですもの（笑）。

尾崎　写実力は落ちるということですか。

穂村　はい。ＤＶＤなら一時停止や早回しは自在だし、世界の側から発信されているものを受けているだけでしょう。インターネットの検索もそうですし、神のようにパワーを増したと錯覚する。そして現実の世界を見つめる堪え性がなくなっていく……。そうやって皆、何かを失い続けているんです。

尾崎　すごい貪欲ね、私は我慢世代ですけど。

穂村　否応無しに教えられるんです。なぜ、僕がスターウォーズみたいに書いたのより、茂吉が砂利とか泥を歌った方が面白いんだろう……と、その屈辱感みたいなものがあると、それはそういう心の筋力の違いだなと。

尾崎　屈辱感というのは……。

穂村　……負けたっていうんですか。

尾崎　茂吉に負けたのならいいわよ（笑）。これからはどういう風に短歌は変わっていくのかしら。私はやっぱり砂利とか泥とか、すごく好きね。

穂村　世界の側に大きなモードチェンジがあったときに短歌の新しいシステムというものが立ち上がるのだと思うんですけど、塚本邦雄は戦後というモードチェンジに遭遇したから出来た。それまでの短歌を変えた。でも振り返ると、やはり戦後より近代というモードチェンジの方が大きい。それが茂吉と塚本の差になる。

尾崎　そうすると、今の時代のモードを考えた上で短歌の新しいシステムが生まれるとしたら……。

穂村　そのひとつは口語でしょうね。

尾崎　この問題も話し出すとキリがないんですけど、私は基本的には口語賛成派なんです。ただ、文語を使えるようでいて口語になるべきだと思っています。修練というか、詩のことばとしての文語の凝縮した感じが出せるといいけれど、口語を使うとどうしても平板になるんですよね。

穂村　短歌の中に持ち込まれた口語というのは、舞台の上にあがった役者みたいなもので、日常と似たことをするけれども、日常ではないんですよね。あくまでも詩のことば、詩語であるという自覚が途切れなければいいんですけど、見た目が同じですからね。

尾崎　口語だと、作家の「わたくし」性がより等身大に感じられるということもありますよね。「短歌」と「ことば」と「わたくし」ということは、まだまだ考えていかなければいけないテーマですね。……ところで、茂吉を超えようとしていますか？

穂村　はい。

尾崎　そうありたいですね。

あとがき

「はじめに」にも記したように、この本は、かなりの期間、少人数の講座で講義した記録を、ある程度カットしてつくりましたので、実際の、のんびりした雰囲気が余り出ていないのが心のこりなのですが、ともかく、今までの入門書とは一味ちがって、ずばり、本格的な作歌技術から踏み込んで行った点に、特色があろうかと思います。

はじめて作歌する方や、インターネット短歌に集まる若い世代などのほかに、いま実際に作歌しておられるみなさまにとっても、ひとつのヒントとなればうれしいと思います。

所々の「たぬ子のワンポイント・アドバイス」にも、ぜひ目をとめて下さい。

なぜ「たぬ子」なのか、といえば、これは近しいなかでの、私の別名です。これにはちょっとしたエピソードがあります。私の住む鎌倉山には、以前は野生の狸がたくさん棲んでいて、餌付けをしている方もあれば、交通事故に遭う可哀そうな狸も多かったのです。わが家でもある夜、ガラス戸の外から覗いているケモノと目が合いました。タヌキです。戸をあけたらのそのそ逃げて、あじさいの根元でふり返りました。かわいい眼なのです。ところが狸はその後、急激に減り、今はほとんど見かけません。ちょうどその頃、私はハガキの隅などにの絵を書いて「鎌倉山たぬ子」と戯れに自署していたのです。

ある時、漫画家の横山隆一先生がまだご存命の頃のこと。お招きのお手紙のお返事に、あろうことか、私はたぬ子の絵と自署をつけてお返ししたようなのです。その日鎌倉駅に近いお宅までのこのこたぬ子は出向きました。ちょうど新漫画集団の方が来ておられる前で、横山先生は「この人はネ、マンガうまいんだよ」と紹介されたのです。考えてみれば、漫画界の大御所に、一素人がマンガ風カット付きのお返事をするとは、まことに図々しくもあり、身の程知らずなふるまい。でも横山先生のうれしそうな童顔に接して、私としてはこんな名誉?なことはめったにない、と、内心赤面しながらも大いに嬉しかったのです。

そのタヌキの絵が、ある時編集者の眼にとまり、「星座」誌のカットに使われるようになって、このたびこの本でも皆さんのお目に触れることになりました。「鎌倉山たぬ子」としては、大いによろこんでいます。

ところで、短歌というのは、たいへん小さな形式の詩ですが、そこには日本語という、感性に富んだことばでつむぎ出される、いうにいわれぬ深い世界があります。美しい日本語を少しでも次代に継いで行くつもりで、私は「星座―歌とことば」(かまくら春秋社刊)という雑誌をつづけています。ご縁があって「星座の会」に入会し、短歌とことばについての輪に加わって下さる方があれば、ぜひお声をおかけ下さい。

皆さんがすてきな歌を次々につくって下さることを、心から願っています。

尾崎左永子

二〇〇七年　立秋

尾崎左永子（おざき・さえこ）
歌人・作家。東京生れ。東京女子大学国語科卒業。著作に『源氏の恋文』（第32回日本エッセイストクラブ賞。求龍堂）『源氏の薫り』『源氏の明り』の三部作、『新訳源氏物語』全4巻（小学館）など、古典文学の著作が多い。歌集に『さるびあ街』『夕霧峠』（迢空賞。砂子屋書房）ほか。近著に『敬語スタディー 実技篇』。「星座—歌とことば」（共にかまくら春秋社）主筆。

短歌カンタービレ
はじめての短歌レッスン

著者 尾崎左永子
発行者 伊藤玄二郎
発行所 かまくら春秋社
鎌倉市小町二—一四—七
電話〇四六七（二五）二八六四
印刷所 ケイアール
平成十九年九月二十日発行

ISBN978-4-7740-0370-2 C0095

かまくら春秋社

敬語スタディー

― 実技篇 ―

尾崎左永子　著

過剰敬語やマニュアル敬語の氾濫、敬語と謙譲語の混同……乱れきった日本語の“今”を憂えて、さまざまなエピソードをもとに「敬語」の真髄をやさしくレクチャー。「美しい日本語」への思いあふれる一冊。

定価：本体1400円＋税
ISBN978-4-7740-0290-3　C0095